KB102002

톱스타
이건우

톱스타 이건우 1

크레도 장편소설

초판 1쇄 찍은 날 § 2017년 9월 19일
초판 1쇄 펴낸 날 § 2017년 9월 26일

지은이 § 크레도
펴낸이 § 서경석

총괄편집 § 최하나
편집책임 § 이선근

펴낸곳 § 도서출판 청어람
등록번호 § 제387-1999-000006호
등록일자 § 1999. 5. 31
어람번호 § 제1-2766호

주소 § 경기도 부천시 부일로 483번길 40 서경B/D 3F (우) 14640
전화 § 032-656-4452 팩스 § 032-656-4453
http://www.chungeoram.com
E-mail § chungeorambook@daum.net

ⓒ 크레도, 2017

ISBN 979-11-04-91463-8 04810
ISBN 979-11-04-91462-1 (세트)

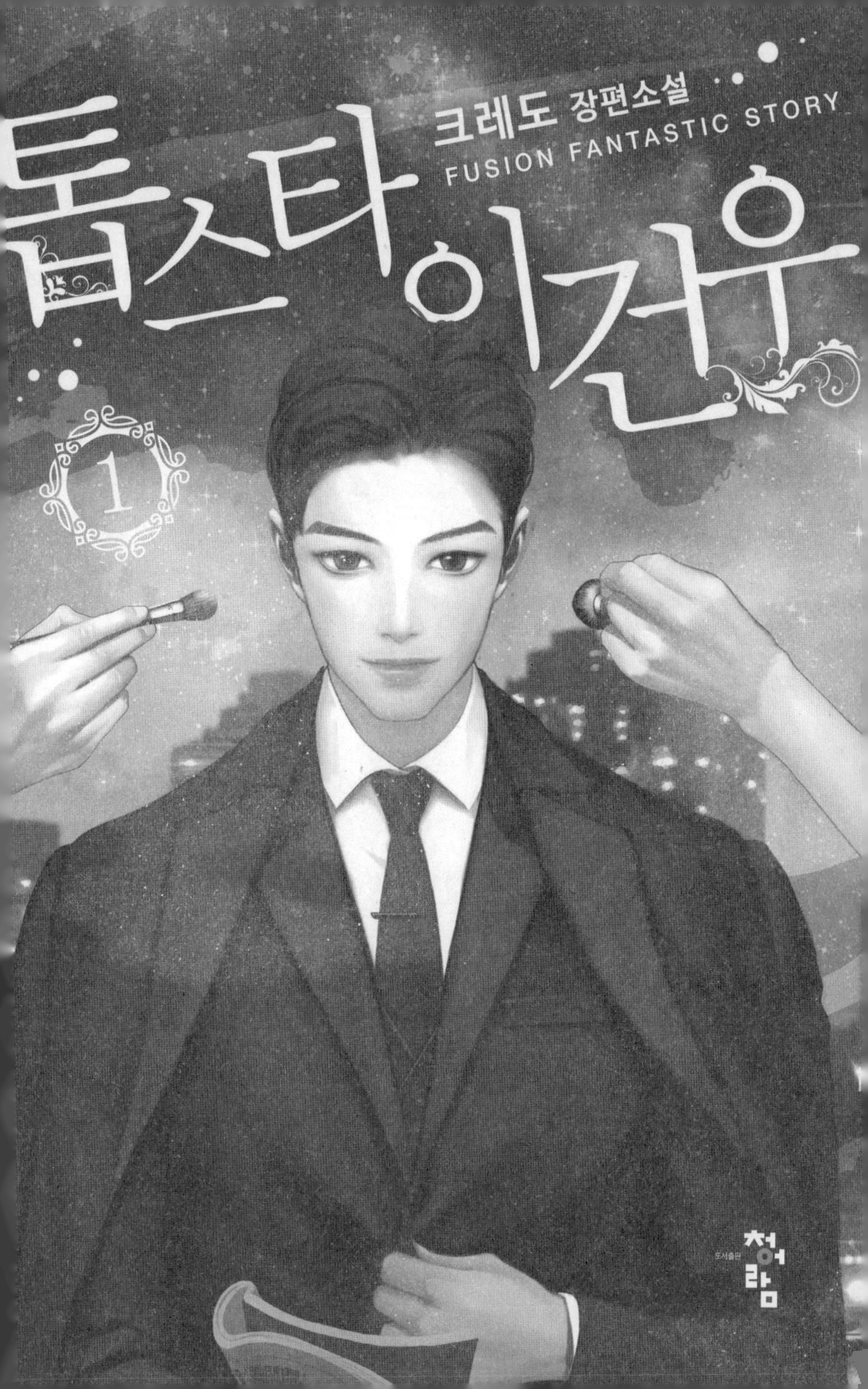
크레도 장편소설
FUSION FANTASTIC STORY
톱스타 이건우
1
도서출판 청어람

Contents

1. 전생 각성

23살의 겨울은 추웠다.

무리하게 산 기타가 야속하기만 했다. 그저 외모가 조금 괜찮다는 것 빼고는 잘난 것도 없는 주제에 무엇을 믿고 그리 자신했을까?

"하아."

건우는 한숨을 내쉬었다. 따지고 보면 당연했다. 음악을 한답시고 고등학교를 자퇴한 후 겉멋만 들어 나댔었다.

유명해진다면 학벌 따위는 상관없으리라 생각했다. 현실을 깨닫기 시작할 때 도피처로 생각한 것은 바로 군대였다. 애써 현실을 부정하고 군대를 일찍 갔다 오니 싸늘한 사회가 눈앞에 펼쳐졌다.

'열정이었을까?'

음악에 대한 열정이었는지, 아니면 단순히 유명해지고 싶은 마음 때문이었는지, 혹은 단순히 주위의 추켜세움에 휩쓸려 버린 것인지 구분이 되지 않았다.

객관적으로 평가해 보면 기타도 그럭저럭이다. 작사, 작곡은 커녕 단지 연주하는 것에 급급했고 그나마 자신 있던 노래도 우물 안 개구리 수준이었다. 고등학교 축제에 나가 노래를 부를 수 있을 정도에 지나지 않았다.

얼굴은 괜찮은 편이었기에 연기로 전향해 보면 어떨까 싶어 연기 학원도 다녀보았지만 한 달 정도 다니다가 그만두었다. 연기가 의외로 적성에 맞았지만 그에게는 끈기가 없었다. 돈이 많이 든다, 시간이 없다 하며 스스로 변명하고 다시 도망쳐 버렸다.

지금은 시간이 널널해 피시방에 살다시피 할 뿐이다.

건우는 어떠한 계기로 하루아침에 스타가 되는, 그런 말도 안 되는 환상에 빠져 있었다. 지금도 그 환상에서 완전히 빠져나온 것이 아니기에 잘못된 것임을 알면서도 머뭇거리고 있었다.

그는 아직도 현실도피를 하고 있었다.

건우는 한숨을 내쉬며 핸드폰을 바라보았다. 며칠째 광고 문자만 올 뿐이었다.

같이 놀았던 친구들의 추앙은 금세 식어 지금은 연락조차 되지 않거나 한심하다는 듯 바라보는 놈들이 대부분이었다. 그들 중 대다수는 대학에 들어갔고 공무원이다 뭐다 하면서 공부를 하거나 스펙 쌓기에 열중이었다.

'답답하네.'

답답했다. 너무 답답해서 모든 것을 때려치우고 싶었다. 그러고 보면 한 가지를 진득하니 한 일이 없었다. 재능도 평범해 고만고만한 수준밖에 이르지 못했다.

세상엔 천재가 무척이나 많았다.

당장 한국에만 하더라도 수준 높은 아마추어가 넘쳐났다.

'다른 길을 찾아보는 게 좋다라⋯⋯.'

오디션 현장에서 진지하게 해주는 충고를 애써 외면하며 지냈지만 이제는 무시할 수 없었다. 나름 PR 영상을 만들어 뿌렸지만 마땅히 연락은 오지 않았다.

자신 같은 어중간한 놈에게 사회란 무척이나 냉정한 곳이었다. 부끄러운 실력에 이제는 오디션을 볼 자신감마저 사라졌다. 자신감이 사라지니 모든 일에 위축되어 새로운 것을 시도해 볼 생각 자체를 하지 못하게 되었다.

그는 괜스레 피식 웃고는 담배를 빼어 물었다. 담배가 맛있게 느껴지는 걸 보면 아직도 자신은 정신을 못 차린 것 같았다.

'집으로… 가자.'

그래도 철이 든 것일까? 더 이상은 어머니의 속을 썩일 수 없었다. 바쁘다는 핑계로 어머니에게 퉁명스레 대하기 일쑤였다. 분식집을 하시는 어머니는 지금도 고생을 하고 계실 것이다.

건우는 자신이 진짜 불효자라 생각했다.

건우가 한숨을 내쉬며 버스를 타기 위해 걸어갈 때였다.

"응?"

이제 다섯 살이나 되었을까? 풍선을 들고 있던 여자아이 하나가 풍선을 놓쳐 버렸다. 바람에 날리는 풍선이 어느덧 도로에 이르렀지만 아이는 풍선만을 보며 도로로 달려가기 시작했다.

고개를 돌려 보니 승용차 한 대가 제법 빠른 속도로 달려오고 있었다.

건우는 순간적으로 몸을 날렸다. 평소의 건우라면 자신의 몸을 날려가며 남을 구하거나 하지 않았을 것이다. 하지만 왠지 아이를 보는 순간 꼭 구하지 않으면 후회할 것이라는 감정이 치솟아 올랐다.

평소 운동신경이 전혀 없던 건우는 스스로도 놀랄 정도로 민첩하게 움직였다. 마치 시간이 느리게 흘러가는 것 같았다.

아이를 도로 밖으로 밀쳐내고 나서야 그런 감각이 사라져 버렸다.

끼이익!

아찔한 충격이 몸을 덮쳤다. 박살 난 케이스에서 기타가 부서져 날아가는 것이 보였다. 주변이 빙글빙글 도는 것이 신기하게 느껴졌다. 그제야 그는 자신이 차에 제대로 치였다는 것을 실감했다.

주변에서 비명 소리가 들려왔고, 그 순간 건우는 정신을 잃었다.

*   *   *

멍했다. 육체가 없는 것처럼 느껴질 정도로 멍했다.

지독한 꿈을 꾸고 있던 것 같다. 아니, 지금도 꿈속인 것 같았다. 눈앞에 보이는 풍경은 생소했고 몸은 제멋대로 움직였다. 그는 검을 들고 있었다. 차가운 검의 감촉이 생생하게 느껴졌다.

도저히 꿈이라고는 생각할 수 없을 정도였다.

비릿한 피 냄새가 맡아졌다. 불어오는 바람에서는 끈적한 살기가 느껴졌다.

'살기?'

살기? 어째서 자신이 그런 것을 알고 있는 것일까?

자신의 손이 자연스럽게 움직였다. 아주 빠르고 간결한 움직임에 스스로도 놀랄 정도였다.

티잉!

날붙이가 튕겨져 나가며 바닥에 꽂혔다. 그의 손에는 검이 들려 있었다. 진득한 피가 묻어 있었지만 예술품을 보는 것처럼 아름다웠다.

사방에서 휘몰아치는 날붙이를 검을 휘둘러 쳐냈다. 그 움직임은 너무나 빨라 정신이 없을 정도였다. 인간의 몸으로 이런 움직임이 가능하다는 것이 도저히 믿기지 않았다.

비처럼 내리던 암기들이 사라지자 주변이 조용해졌다. 길게 뻗어 있는 대나무들이 하늘을 가렸다. 보름달이 떠오른 밤이었지만 주변은 어두웠다.

스윽!

어둠을 가르며 수많은 인형이 땅에서 솟구쳐 나왔다. 마치 귀신과도 같은 모습에 그는 소름이 끼쳤다.

당장에라도 눈물이 나올 것 같았다. 아니, 건우는 태연했다. 저 많은 귀신과도 같은 자들을 바라보며 웃고 있었다.

"본교를 능멸하고도 살아 돌아갈 수 있을 것 같았나?"

"살아 돌아가?"

그는 웃었다. 점차 이곳에 서 있는 자신에게 동화되어 갔다. 생소한 기억들이 익숙하게 느껴지기 시작했고 자신이 누구인지는 더 이상 중요하지 않게 되었다.

눈앞에 있는 적을 죽여 버리겠다는 마음뿐이었다.

살아 돌아간다는 건 단 한 번도 생각하지 않았다. 이미 살아갈 이유 따위는 사라진 지 오래였다.

"애초부터 그럴 생각은 없었소."

"뭐라?"

그는 손에 든 검집을 버렸다. 일생일대의 원수를 보는 것처럼 어둠 속에 묻혀 있는 자를 바라보았다.

"저승 가는 길에 길동무나 해주시오."

"하, 대단한 패기로구나."

그는 피 묻은 옥반지를 바라보다가 품에 넣었다. 검을 꽉 잡았다. 온몸에서 알 수 없는 힘이 솟구쳤다.

기운이 온몸을 타고 돌다가 몸 밖으로 분출되었고, 그 기세에 주변에 있던 대나무가 터져 버렸다. 귀신같은 자들 몇몇이 피를 토하며 뒤로 튕겨져 나갔다.

"오시오. 나를 눕히려면 팔 한 짝 정도는 바쳐야 할 것이오."

"겸손이 지나치군. 그 정도면 싸게 먹히는 거겠지. 쳐라!"

검은 인형들이 대지를 가르고 하늘을 장악하며 그에게 쏟아져 내렸다. 그는 그 광경을 보고 죽음이 쏟아져 내린다고 생각했다.

치열한 전투가 시작되었다.

"허억!"

눈이 떠졌다.

보이는 것은 병실의 풍경이었다. 대나무 숲에서의 길고 긴 혈전은 분명 자신의 죽음으로 끝났을 것이다.

하지만 복부를 관통한 상처는 없었고, 팔다리가 부러졌는지 깁스를 하고 있었다. 옆을 바라보니 울고 있는 어머니가 보였다.

어머니의 얼굴을 바라보았다. 개 같은 놈들 밑에서 밭일을 하며 잡초 뿌리로 연명하던 시절에도 어머니는 그를 끔찍하게 아꼈다. 산적 무리에게 죽임을 당하는 그 순간까지도…….

"으, 윽!"

"괘, 괜찮니?"

아니다.

어머니는 조그마한 분식집을 하신다. 일손을 거들어달라는 부탁을 변명거리 가득한 핑계를 대며 거절하기 일쑤였다. 그럼에도 단 한 번도 서운한 표정을 지으신 적이 없으셨다. 화전민으로 떠돌던 어머니, 지금 옆에서 자신을 걱정스러운 눈으로 바라보는 어머니.

그 두 이미지가 겹쳐져 보였다. 미세하게 다른 얼굴이었지만 분명히 동일인이었다.

"어떻게……?"

"큰일 날 뻔했단다. 뼈가 부러진 것 외에는 큰 이상이 없어서 다행이지… 머리라도 다쳤으면… 건우야, 엄마 좀 그만 놀래키렴."

"아……."

어떻게 된 일인지 떠올랐다. 어떤 꼬마 아이가 풍선을 따라 도로로 뛰어드는 것을 보고 몸을 날려 끼어들었다.

구하기는 했지만 마주 오는 차를 피하지 못해 치인 것 같았다. 그냥 무시해도 되었지만 왜인지 구해야겠다는 생각이 들었다. 왜일까? 단지 구하지 못한다면 평생 후회할 것 같은 기분이 들었다.

'호신강기는 어쩌고 맨몸으로……?'

건우는 진지하게 그런 생각을 하다 깜짝 놀랐다. 호신강기에 대해 진지하게 생각하고 있었기 때문이다. 화경의 경지에 이르러 막힘없이 진기를 유통…….

'무슨…….'

기억이 겹치고 있었다. 의식을 집중하지 않으면 구분할 수 없을 정도로 혼선이 가득했다. 마치 두 개의 이미지가 동시에 존재하는 것 같았다.

그것은 꿈이나 착각이 아니었다. 분명히 실존하는 자신의 기억이었다.

'나는 죽었는데 살아 있어. 그건 전생? 도대체……'

급격히 피로가 몰려왔다. 두통에 인상이 크게 찌푸려졌다. 수마가 파도치듯 밀려왔다.

"좀 더 자렴."

어머니의 말에 눈을 감았다. 이마를 쓰다듬는 손길이 어릴 적을 떠올리게 하였다.

$$* \qquad * \qquad *$$

며칠 동안 자다 깨다를 반복했다. 계속해서 이어지는 꿈은 그의 머릿속에 완전히 자리 잡았다. 선명한 꿈도 있었고 그렇지 않은 꿈도 있었다. 기분 좋은 꿈도 있었고, 무척이나 슬픈 꿈도 있었다.

그는 그것이 결코 거짓이 아님을 자각했다. 그것은 분명 자신이 겪었던, 끝이 나버린 인생이었다. 온전히 모든 기억을 떠올릴 수는 없었지만 그 죽음에는 결코 후회가 없었고 누군가를 그리워하는 감정만이 존재했다.

그의 이름은 진천이었다.

운선도인(雲仙道人)의 직전제자로 거두어져 검의 길을 걸어간 무인이었다. 상당수의 기억이 떠오르지 않아 무슨 일이 있었는지는 정확히 파악할 수 없으나 그는 분명 거대한 집단과 처절한 사투를 벌이다 죽음을 맞이했다.

'동귀어진을 했던가. 복수… 복수는……?'

무엇에 대한 복수였을까? 도저히 떠오르지 않았다. 다만 그 생각을 하면 가슴이 무척이나 아파와 눈시울이 붉어졌다. 그 기억과 감정은 결코 거짓이 아니었다. 그는 그렇게 확신했다.

'지금의 나는 이건우… 23살.'

이건우로서의 기억은 온전했다. 검정고시를 본 후에 바로 군대를 갔다 와서 음악을 한답시고 깝죽거렸다. 당연히 잘될 리가 없었다. 자취방의 보증금과 월세의 일부분은 여전히 어머니가 대신 내주고 있는 상황이었다.

그는 사고가 나는 순간까지 이도 저도 하지 못하며 허송세월을 보냈다. 때로는 모든 것이 사회 때문이라고, 모든 것이 부모님을 잘못 만났기 때문이라고 원망을 하기도 했다. 하지만 모든 원인은 자신에게 있었다.

아마 이런 기억이 떠오르지 않았다면… 또 앞으로의 몇 년을 그렇게 보냈을 것이다. 어머니의 일을 돕겠다는 생각을 가지고는 있었지만 그것 역시 현실도피였다.

눈앞에 있는 적을 외면하는 것만큼 어리석은 자는 드물 것이다. 그러한 어리석음이 쌓이고 쌓여 주화입마에 걸린다 해도 할 말은 없다.

'한심하군. 정말 난 머저리야.'

건우는 마치 타인을 보는 것처럼 그렇게 자신을 평가했다. 그나마 다행인 것은 대출을 받거나 하지는 않았다는 점이다. 심적으로나 물리적으로나 어머니를 힘들게 한 것은 분명했지만 말이다.

'도리를 모르는 자는 해탈할 수 없다. 스승님께서는 자식 된 도리가 가장 먼저라 하셨지. 지금의 나를 보셨다면 호통을 치셨겠어.'

건우는 머리가 좋지 않았다. 의지박약에, 뚜렷한 주관도 없었다. 그나마 얼굴이 조금 생겨 이리저리 어울려 놀다 보니 겉멋만 들게 되었다. 그때는 자신이 무척이나 잘난 천재인 줄 알았다.

아버지가 돌아가신 후에는 어머니가 생계를 책임졌는데, 건우는 속만 썩이다가 음악을 핑계로 독립한 것이다. 사고로 부서진 기타 역시 어머니의 돈으로 산 것이다. 연기로 전향하면서 필요한 금액 역시 그러했다.

절로 한숨이 나왔다. 그는 스스로를 건우라 생각하고 있지만 과거, 혹은 전생이라 부를 수 있는 기억 탓인지 정신 자체가 달라졌다.

전생, 그리고 현생. 모든 것을 포함한 것이 바로 자신일 것이다. 그는 그렇게 자신을 정의했다. 앞으로 나아가기 위해서는 자기 자신을 또렷하게 세워야 했다.

그것이 무(武)든, 문(文)이든 마찬가지였다.

자신에 대해 정의하자 흐렸던 시야가 뚜렷해지는 것 같았다. 막혀 있던 의지가 확장되고 사고가 더욱 깊어졌다. 전생에 했던 공부가 결코 헛것은 아니었다.

기억에 의한 깨달음이었다.

건우는 잠시 눈을 감았다 떴다. 흐렸던 눈빛은 아주 맑게 변해 있었다. 육체적으로는 통증이 느껴져 불편했지만 정신적으로는 무척이나 상쾌했다.

건우의 23년 인생에서 가장 상쾌한 날이었다.

'그러고 보니 오늘 찾아온다고 했던가?'

그 꼬마의 아버지가 찾아온다고 했다. 건우가 있는 병실은 그의 형편에 맞지 않게 고급스러운 1인실이었다. 모든 것은 꼬마의 아버지가 전적으로 부담한다고 한다.

건우의 어머니는 분식점 일로 바빠 늦은 밤이 되어서야 오곤 했으니 혼자 만나야 할 것 같았다.

어머니의 얼굴이 떠오르자 건우의 표정이 굳어졌다.

건우는 밀려오는 슬픈 감정에 깊이 숨을 내쉬었다. 기억 속의 어머니는 고생만 하시다가 처참하게 돌아가셨다. 그 광경이 아직도 머릿속에서 생생하게 재생되었다.

그 어렸을 적의 기억이 주화입마로 다가왔다. 극복은 하였지만 상처가 사라지고 난 다음에는 흉터가 남는 법이었다. 지금의 그는 전생만큼 성숙하지 못했다. 상처가 다시 뜯어져 버린 느낌이었다.

'나를 구하기 위해… 나를 숨기기 위해 그렇게……'

어머니의 얼굴은 똑같았다.

거울로 본 자신의 얼굴도 마찬가지였다. 그가 죽을 때에 비해 다소 어려 보이고 연약해 보이기는 하지만 말이다. 지금 그의 어머니는 살아 있다. 이제 전생에서의 불효를 현생에서 갚을 것이다.

"일단……"

회복이 우선이었다. 그는 조용히 눈을 감았다. 정신을 집중하여 주변의 기운을 느껴보았다. 처음에는 아무것도 느껴지지 않았지만 과거의 수행을 떠올리니 대기 속에 숨은 미약한 기가 느껴졌다. 전생에 비해 터무니없이 적은 기였다. 그리고 상당히 오염되어 있어 이대로 축기를 했다가는 주화입마에 걸려 폐인이 될 것이 분명했다.

'청운심법은 무리겠어.'

지금 자신의 상태 역시 나빴다. 22살 동안 쌓인 노폐물과 굳어버린 육체는 무공을 익히기에 최악이라고 표현해도 무방했다.

청운심법은 깨끗한 정기를 필요로 했다. 억지로 청운심법을 운용한다고 해도 정상적인 축기는 힘들었다. 그는 잠시 고민했다. 탁기나 사기를 축적하여 정화하는 토납법을 알고 있기는 했다. 어째서 구결을 알고 있는지는 모르지만 그의 기억 속에 존재했다.

청운심법과도 잘 어울려 이것으로 근간을 닦은 후에 청운심법을 운용한다면 효과를 볼 수 있을 것 같았다.

'옥선체화신공(玉仙體化神功).'

정파의 것이 아니었다. 하지만 사파의 것이라 부르기에도 애매한 것이 내공의 선로로 따지자면 분명히 정도였다. 근본적인 가르침은 어쩌면 정파에서 출발한 것인지도 몰랐다.

그러나 명백히 정파의 무공으로 분류할 수 없는 이유도 분명 있었다. 옥선체화신공은 하오문의 독문무공으로 알려져 있었고, 주로 이름난 기루의 루주들이 극성으로 익히곤 했다. 하지만 건우는 부작용이 있어도 청운신공의 묘리로 해소시킬 수 있으리라 생각했다. 그리고 잘은 기억나지 않았지만 중요한 추억이 있는 것 같은 기분도 들었다.

아련한 감정이 밀려왔다. 그는 호흡을 가다듬으며 마음을 가라앉히고 부동심을 유지하고자 노력했다.

누워서 축기를 하는 것은 위험했지만 그의 공부가 모조리 날아간 것은 아니었다. 정신적 깨달음은 아직도 그의 영혼에

각인된 듯 존재하고 있었다.

"후우."

눈을 감고 옥선체화신공을 운용했다. 기를 몸으로 받아들이는 과정은 순탄치 않았다. 그러나 건우는 포기하지 않고 정신을 집중했다. 땀이 턱선을 타고 흘렀다. 아주 미세하게 흐르는 진기를 느낀 순간 그의 입가에 미소가 걸렸다.

바다와 강의 차이처럼 전생의 경지와는 비교할 수 없었지만 잃어버린 보물을 찾은 듯이 대단히 기뻤다.

'지금은 미약하지만… 앞으로 나아지겠지.'

그의 얼굴에 제법 혈색이 돌았다. 애매하기는 했지만 사파계열 무공답게 일정 수준으로 올라가기는 쉬웠다. 그 후가 문제이기는 하지만 그에게는 해당하지 않는 사안이었다.

'아무래도 과거의 경지를 되찾는 건 힘들겠지.'

어려서부터 무공을 익혔고 운선도인의 도움으로 영약까지 먹었었다. 외형은 전생과 비슷했지만 내부는 많은 차이가 났다. 제대로 꾸준히 연마한다면 현대사회의 사람들은 꿈도 못 꿀 능력을 가지게 될 것이다. 여러모로 써먹을 수 있을 것 같았다.

건우는 꾸준히 운기를 하며 시간을 보냈다.

똑똑!

그가 운기를 마무리할 때였다. 노크와 함께 문이 열리며 그에게 다가오는 남자가 있었다. 여섯 살 정도 되어 보이는 여자 아이의 손을 잡고 있었는데 건우와 눈이 마주치자 아이는 남자의 뒤로 숨었다.

그는 천천히 고개를 들어 남자를 바라보았다. 그의 눈동자가 커졌다.

잊고 있던 기억이 떠올랐다.

"형님! 하핫, 저 같은 삼류 무인이 무슨 욕심이 있겠습니까? 그저 하루 먹고살면 충분합니다."

"형님과 아가씨를 모시고 사는 게 제 유일한 낙이지요."

남자는 그렇게 웃었고, 그는 그 웃음을 바라보며 남자와 술잔을 기울였다.

남자와 마시는 술은 늘 달았다.

분위기는 늘 유쾌했다. 누군가 다가와 그를 말리지 않았다면 며칠이고 계속 마셨을 것이다. 그리고 아팠던 기억은 치유가 되었고 추억으로 남아 안주가 되었다.

풍경이 반전되듯 다른 기억이 떠올랐다.

"형님, 피하셔야 합니다. 제가, 제가 시간을 끌겠습니다."

"부디 살아서……."

피투성이가 된 남자는 그렇게 웃으면서 자신을 보냈다.

다음 날, 그의 수급을 보았을 때 그는 하루 종일 오열했다.

저 얼굴을 알고 있었다.

그의 의동생을 어찌 잊을 수 있단 말인가. 그와 함께한 추억들이 한순간에 밀려들어 왔다. 비어 있던 기억이 퍼즐처럼 자리 잡았다.

'그저 닮은 사람이 아니야. 이건… 절대 우연이 아니야.'

금석준.

자신을 위해 목숨을 버린 의제(義弟).

건우는 자신이 다친 것에 안도했다. 석준의 딸을 구하고 자신이 다쳐서 다행이라고 생각했다. 전생에 진 빚을 조금이라도 갚을 수 있어 가슴이 벅차올랐다.

건우의 눈가에 눈물이 맺혔다. 전생에서 이어진 인연은 현생에서도 끊어지지 않았다. 물론 지금의 석준이 자신보다 나이가 많아 보이기는 하지만 말이다.

그의 눈물을 본 남자는 당황한 표정이 되었다.

"아… 저, 죄송합니다. 찾아뵙는 게 늦었군요. 정말 감사드립니다."

"아닙니다."

"불편한 점이 있으시면 바로 말해주세요. 최선을 다해 돕겠습니다. 소연아, 오빠한테 고맙다고 인사해야지."

남자가 아이에게 말하자 아이는 조심스럽게 다가와 고개를
숙였다.

"구해주셔서 고맙습니다!"

그러고는 다시 남자의 뒤로 숨었다. 건우의 입가에 미소가 걸
렸다. 결혼을 한다면 딸을 갖고 싶다던 석준의 말이 떠올랐다.

"사례는 꼭 해드리겠습니다. 다시 한번 정말 감사드립니다.
소연이가 다쳤다면 전……."

"아닙니다. 무사해서 다행이네요."

"제 명함입니다."

건우는 명함을 받았다.

YS엔터테인먼트 대표 이석준.

건우도 아는 기획사의 대표였다. 현생에서의 기억에도 그의
얼굴이 또렷하게 남아 있었다.

건우는 석준이 전생의 삶보다 훨씬 부유한 삶을 살고 있는
것에 기뻤다. 의제는 그럴 자격이 있었다. 자신의 목숨을 희생
한 의제가 그런 복을 누리지 못한다면 감히 누가 누리겠는가?

오로지 다른 사람만을 위해 억울하게 살다간 인생이었다.

석준은 행복할 권리가 있었다.

"사례라… 그렇다면 나중에……."

건우가 그를 바라보며 입을 떼었다.

"술이나 한잔하죠."

"네? 아, 하하하!"

석준은 크게 웃었다.

이제 이십 대 초반인 청년이 그런 말을 해오니 대단히 신선했다. 나이 차이가 거의 두 배나 나는데 말이다.

"제가 사겠습니다."

건우가 다시 그렇게 말을 잇자 석준은 또다시 웃음을 터뜨렸다. 석준은 건우를 유쾌한 어린 친구라 생각했다.

*   *   *

옥선체화신공(玉仙體化神功)을 운용하며 회복에 매진하자 예정보다 빠르게 퇴원을 할 수 있게 되었다. 담당 의사도 놀랄 정도의 회복력이었다. 특히 실밥을 풀자 상처에 흉터조차 남지 않은 것은 의사가 보기에 확실히 기이한 일이었다.

아직 깁스를 하고 있기는 하지만 몸 곳곳에 새겨져 있던 상처들은 말끔히 회복되었다.

소문난 기루의 루주들이 옥선체화신공을 극성으로 익히고 있었는데, 무공으로써의 위력보다는 외형적인 효용이 더 두드러졌다. 물론 그런 것을 제외하고도 빠르게 내공을 모을 수 있다는 장점이 있기는 했다. 하오문이 정파의 간섭에서도 근근이 명맥을 유지해 올 수 있었던 이유였다.

건우는 서울에 있는 자취방을 뺐다. 보증금은 어머니께 그대로 드렸다. 예전 같았으면 공돈이 생겼다며 피시방을 가거나 게임 캐시를 질렀겠지만 지금은 그럴 생각이 전혀 들지 않았다. 어머니가 어떻게 모은 돈인지 잘 알고 있기 때문이었다.

건우는 어머니의 집으로 돌아왔다. 석준이 이런저런 지원을 해주었지만 도의적인 부분을 고려해 최소의 금액만 받았을 뿐이고 나머지는 모두 거절했다. 석준의 아이를 구한 것은 정당한 갚음이었다. 그래도 분식집의 매상이 올라간 것은 석준의 영향이 있긴 한 모양이었다.

1년 정도 집을 떠나 있던 것이었지만 왜인지 몇 십 년은 떠나 있던 것 같은 기분이 들었다. 건우는 자신의 방에서 한동안 멍하니 서 있었다.

방은 좁았지만 깔끔했다. 주인이 없었음에도 먼지 하나 없이 깔끔했다. 따듯한 분위기가 흘렀다. 그가 없을 때 청소를 했을 어머니를 떠올리니 가슴이 아파왔다.

'쫄쫄 굶으시면서도 내게 죽을 먹이셨지. 전생과 현생이 이어져 있다면… 어째서 다시 못난 나의 어머니로 태어나신 걸까?'

석준처럼 좋은 인생을 누리셔야만 했다. 지금도 힘들게 고생하며 사시고 있으니 하늘이 원망스러울 지경이었다.

"……."

어쩌면 하늘이 불효를 갚으라고 다시 자신을 보낸 것일 수도 있었다. 그렇게 생각하자 답답했던 마음이 조금은 편해졌다.

"이제부터라도……."

망나니처럼 살아온 그는 이제 없었다. 무겁지만 맑은 눈빛을 가진 새로운 그가 남아 있을 뿐이었다. 건우는 책상을 바라보았다.

여러 가수들의 음반과 그들에 관련된 잡지가 가득했다. 자취방에 있던 것은 버리고 왔지만 군대 가기 전에 모은 것들은 여전히 쌓여 있었다.

한정판을 사야 한다며 돈을 달라고 했던 자신이 생각나자 주먹이 쥐어졌다.

자신의 한심함에 고개를 젓다가 벽에 걸려 있는 거울을 바라보았다. 이제는 붓기가 많이 빠져 예전의 얼굴로 돌아와 있었다.

전생에서는 한창 비무행을 하던 시절의 나이였는데, 그때에 비해 지금은 나약해 보이는 인상이었다. 그때는 얼굴을 가로지르는 흉터가 있었고 피부도 대단히 거칠었다.

'신기하군.'

키는 지금이 더 컸다. 자세히 보면 골격 자체는 지금이 훨씬 좋았다. 그러한 차이가 있지만 기본적으로 전생과 현생의 육체는 비슷했다.

운기행공을 하는 데 힘든 점이 많았지만 그래도 전생보다 그릇의 자질은 뛰어난 편이었다. 질 좋은 삶 속에서 충분한 영양 보충을 하며 자랐기 때문일 것이다. 적어도 하루에 밥을 두 끼 이상 먹었고 그의 어머니가 억지로 쥐여준 영양제도 먹었으니 말이다.

주먹을 쥐어보았다. 새하얀 손이 마음에 들지 않았다. 근육도 부족해 그가 알고 있는 무공을 펼치기는커녕 익히기도 쉽지 않을 것 같았다.

'내가 제일 잘하는 것은 단련이었지. 산을 오르는 것도, 폭포를 거슬러 올라가는 것도 재미있었어. 그게 삶의 전부였으니까.'

하지만 현생의 건우도 그랬다. 노는 것과 게임을 좋아하는 건 여전했다. 그냥 멍하니 모니터만 바라보고 있었던 적도 많았다. 그러나 그는 오감을 절제하고 이성을 억누르는 방법을 제일 먼저 배웠다.

군건한 정신력으로 우직하게 노력한다면 좋게 변할 수 있다는 것을 알려준 분이 바로 그의 스승, 운선도인이었다.

운선도인과 지낸 날들은 고되고 힘들었지만 따뜻했다. 운선도인과 처음으로 나누었던 술 한잔 이후… 무슨 일이 있었는지는 기억이 나질 않았다. 안개가 낀 것처럼 뿌옇게 흐려 떠오르지 않았다.

그는 피식 웃고는 목발을 벽에 기대어놓았다. 상처는 다 아물어 아무렇지도 않았지만 깁스는 하고 다녔다. 너무 빨리 회복하면 주위에서 이상하게 여길 수도 있기 때문이었다.

기를 받아들임으로써 몸에 남아 있는 잠재력이 점점 더 활성화되고 있었다. 아마 의사가 지금 그의 회복 속도를 봤다면 경기를 일으켰을 것이다.

지금 당장 깁스를 풀어도 이상은 없겠지만 어머니의 걱정과 주변의 눈도 있고 하니 조금 더 깁스를 하고 있어야 했다. 일단 지금은 운공에 집중하는 것이 좋을 것 같았다.

"후……"

침대에 걸터앉아 벽을 바라보았다. 벽에는 그가 평소에 좋아하던 여자 연예인의 브로마이드가 붙어 있었다.

"음……"

취향이 변한 건가? 그다지 끌리지는 않았다.

그 아래에는 낡은 기타 하나가 기대어져 있었는데, 그걸 보니 기타를 배우겠다고 떼를 쓰던 예전의 자신이 생각났다.

'그곳에서 금을 배웠었지. 노래와 악기 소리가 늘 흐르던… 음? 그곳이 어디지?'

악기를 보니 잠시 기억이 떠올랐다가 곧 사라졌다. 분명 그의 인생에서 가장 행복한 시간들이었던 것 같다. 잠시 떠오른 것만으로도 그의 가슴이 벅차오를 정도로 행복했으니 말이다.

기억이 나지 않는 것이 안타까웠다. 가장 중요한 것을 잊고 있는 기분이었지만 잡을 수 없는 것에 집착해서는 안 된다는 것을 그는 잘 알고 있었다.

석준을 기억해 낸 것처럼 언젠가는 떠오를 것이다. 그는 그렇게 생각하며 안타까운 마음을 억눌렀다.

음악에 대한 열정은 아직까지 사라지지 않고 있었다. 음악을 떠올리면 전생에서의 따뜻한 기억과 현생의 열정이 동시에 일어났다. 기타를 보는 것만으로도 가슴이 벅찼다.

'연기도 재미있었지만… 지금은 아니야.'

그는 기타를 외면하며 방에서 나와 좁은 거실로 향했다.

거실에는 밥이 차려져 있었다. 데워 먹으라는 쪽지가 남겨져 있었다. 살짝 웃은 그는 쪽지를 바라보다가 고개를 끄덕였다.

전생에서 죽을 때, 그는 후회했다.

그리고 현생을 지내고 있는 지금도 후회하고 있다.

건우는 다시는 후회할 짓을 하지 않겠다고 다짐했다.

*　　　　　*　　　　　*

한 달 정도가 흘렀다.

건우가 깁스를 풀 때쯤, 옥선체화신공(玉仙體化神功)은 어느 정도 성과를 보이고 있었다. 혈맥은 여전히 비좁고 막혀 있는 상태였지만 영양 상태가 좋기 때문인지 예상보다 효과가 더 좋았다. 진기를 운용하여 내부를 관조하는 것만으로도 혈색이 좋아졌고 몸에 힘이 생겼다. 몸 안에 있던 노폐물이 배출되어 운기를 마치고 나면 냄새가 심하게 났지만 무척이나 상쾌했다.

외형적인 부분에서도 효과를 보고 있었다.

약간 휘어져 있던 코와 미세하게 비대칭이었던 턱이 제자리를 찾아갔다. 그것만으로도 인상이 달라 보였다.

여드름 때문에 얼굴에 나 있던 곰보 자국도 사라졌다.

피부는 매끄러웠고 도자기처럼 하얗게 변했다. 연했던 눈썹도 진하게 다시 올라오고 있었고 모발도 굵어지며 윤기가 생겼다. 아직 1성조차 도달하지 못했는데 대단한 효과를 보여주고 있는 것이다.

의외로 현대의 생활 패턴과 무공이 좋은 시너지를 발휘하고 있었다.

물론 탁기가 섞인 음식은 좋지 않았지만 말이다. 영양 섭취의 중요성을 깨달은 건우였다.

미남이라 부르고도 남을 얼굴이었지만 건우는 전혀 자각하지 못했다. 전생의 자신을 보던 시선과 섞였기 때문이었다.

가치관도 섞여 예전과는 많은 차이가 났다.

'피부가 좋아진 건 좋은 거겠지. 뭐, 기녀들이 익혔던 이유가 있었군.'

그저 내공을 빠르게 모을 생각이었지만 효과를 직접 몸으로 겪으니 그 생각이 달라졌다. 거쳐가는 단계가 아니라 제대로 익히는 것도 나쁘지 않을 것 같았다. 어차피 손해 볼 것은 없으니 말이다.

아직 해가 뜨지 않은 새벽에 일어난 건우는 트레이닝복을 입고 조용히 집 밖으로 나왔다. 처음에는 공원을 돌았지만 내공의 효과를 본 이후부터는 뒷산을 오르기 시작했다.

어마어마한 근육통이 엄습했지만 옥선체화신공(玉仙體化神功)을 운용하며 다스리니 충분히 움직일 수 있었다. 또한 짧은 시간 안에 기초 체력이 놀랄 만큼 상승해 있었다. 그러나 기억 속에 선명히 남아 있는 자신의 육체에 비할 바는 아니었다.

'근육이 붙는 속도는 빨라.'

내공은 진보가 느렸지만 육체의 단련 속도는 빨랐다.

뒷산을 쉬지 않고 올랐다. 정상에 도달할 때쯤엔 땀으로 흥건하게 젖어버렸다. 숨을 몰아쉰 그는 정상에 있는 정자에 앉아 옥선체화신공을 운용했다. 굳어 있는 혈맥을 조심스럽게 만져주며 진기를 유통시켰다.

들숨과 날숨을 규칙적으로 내쉬며 가슴까지 들어 올린 손을 배꼽 아래로 내렸다. 조용히 눈을 뜨자 노인들이 음악에 맞춰 춤을 추고 있는 것이 보였다. 형광색의 등산복을 입은 강사의 움직임에 맞춰 춤을 추고 있었다.

'꽤 오래 앉아 있었네.'

무아지경까지는 아니지만 정신을 내면 깊은 곳까지 집중하고 있었기에 시간이 흐른 것을 느끼지 못한 것이다. 건우는 손톱보다 작은 내공이 단전에 형성된 것이 느껴지자 부드러운 미소를 지었다.

이로써 옥선체화신공의 기본이 완성되었다. 갈 길이 멀었지만 시작이 반이라는 말도 있으니 지금은 이 기쁨을 마음껏 누리고 싶었다.

그는 기쁜 마음으로 약수터에서 물을 떠먹었다.

"아이구, 총각. 참 잘생겼네."

"곱네, 고와."

"인기 많겠어! 거, 뭐여, 티비에 나오는 갸들보다 낫네!"

아주머니들이 그렇게 말하며 건우를 바라보았다. 건우는 어색하게 웃으며 인사를 하고는 산에서 내려오기 시작했다. 뒷산은 그리 높지 않았지만 정돈되지 않은 길로 가면 제법 험했다. 미세한 내공을 일으키자 힘이 붙는 것이 느껴졌다. 그가 알고 있던 초식을 운용해 보았다.

주먹이 허공을 갈랐고 손날이 나무를 쳤다.

"음……."

찌릿한 통증이 밀려왔다. 하지만 나무의 표면이 조금 뭉개져 있는 것이 보이자 그는 씨익 웃었다. 그러다가 헛웃음을 다시 내뱉었다. 검강까지 다루었던 자신이 고작 이런 것에 뿌듯해하고 있다니 참 우스웠다.

"으으!"

다시 통증이 밀려왔다. 관절을 과하게 움직인 대가가 바로 나타나 잠시 어기적어기적 걸었다. 한때 비무행으로 중원을 호령하던 그의 걸음걸이치고는 상당히 우스웠다. 하지만 이런 것마저도 유쾌하게 느껴졌다.

건우는 가볍게 스트레칭을 하고는 산을 내려왔다. 거친 숨을 내쉬며 천천히 걸었다.

"음?"

오늘은 제법 늦게 내려온 모양이었다. 집으로 가는 거리를 걷다 보니 등교하는 학생들이 보였다. 집 주변에는 여고가 있었다. 그리고 예술고등학교도 있어 학생들이 꽤 많은 편이었다. 지금 TV에도 나오는 유명한 배우가 건우의 집 근처 예고 출신이었는데, 입학 설명회 때 커다란 입간판이 있었던 것이 기억났다.

물론 건우도 지망했지만 탈락했다. 그때는 자신의 재능을 못 알아본 어리석은 놈들이라 생각했지만 자신에 대한 평가는 사실 정확했던 것이다.

교복을 입은 학생들을 보니 옛 기억이 새록새록 났다. 그때는 무서울 것이 없었다. 아마 비무행을 다녔을 때보다 더 패기가 넘쳤을 것이다.

대로를 따라 걷다 보니 왜인지 시선이 몰리는 것이 느껴졌다. 슬쩍 주변을 살피자 학생들이 자신을 보며 속닥거리고 있었다.

'음…….'

후드티를 걸쳐 입은 트레이닝 복장이었다. 흠뻑 젖었던 땀은 다 말랐지만 조금 냄새가 나지 않는가 싶었다. 옥선체화신공을 익히고 단전을 형성한 후부터 그의 체취는 역겹기는커녕 오히려 향기에 가까웠지만 그 자신은 정확히 파악하고 있지 못했다.

'피해가야겠군. 괜히 이상한 사람으로 찍히면 가게에도 피해를 줄 테니…….'

그런 것에 민감한 학생들이니 절로 조심이 되었다. 그렇게 슬슬 구석으로 걸었지만 시선은 줄어들지 않았다.

그의 감각에 걸릴 정도로 은근히 다가오기까지 했다. 건우는 살수들을 떠올리며 본능적으로 경계했지만 피식 웃고는 그냥 후드를 눌러썼다. 구석진 골목에 있는 집에 이르자 시선은 사라졌다.

건우는 집 안으로 들어갔다. 3층으로 된 주택이었는데 건우 가족은 반지하에 살고 있었다. 좁기는 했지만 방이 두 칸이었고 15분 정도 걸으면 중심가와 지하철역도 있어 나름 살기는 편했다. 무엇보다 집주인 아주머니가 착한 분이라 여러모로 편의를 봐주었다. 몇 년째 월세를 올리지 않은 것만으로도 감사하는 중이었다.

'먼저 가셨네.'

오늘은 주문한 재료가 오는 날이었다. 건우의 어머니는 먼저 시장에 들른다고 했으니 씻고 나가서 가게를 열어야 했다. 건우는 샤워를 하고 간편한 옷으로 갈아입었다.

근육이 제법 붙어 보기 좋았다. 사고를 당하기 전과는 완연히 다른 모습이었다.

저녁마다 기본적인 삼재권법을 연마하고 있었는데, 근력 훈련도 겸하고 있었다. 아침에는 내부 관조와 운공, 그리고 체력 훈련 위주였다. 내공은 성과가 더뎠지만 육체의 성장은 대단히 빨랐다.

컨디션은 최고였다. 무공을 연마하기 시작한 후부터 오랫동안 일을 해도 잘 지치지 않았다. 집중력도 떨어지지 않아 실수도 적었다. 건우는 입가에 웃음을 머금으며 어머니의 가게로 향했다.

가게 문을 열고 청소를 한 뒤 식재료를 날랐다.

어머니가 그를 도우려 했지만 건우가 모든 일을 끝내 버렸다. 내공의 힘을 지닌 건우에게는 전혀 힘든 일이 아니었다.

"좀 쉬고 준비하죠."

"그래, 오늘은 좀 많이 준비해야겠네."

"네?"

어머니의 말에 건우가 머리에 물음표를 띄웠다.

"어제도 부족했잖니."

"그랬죠. 이러다 부자 되는 거 아니에요?"

요즘 들어 손님이 많아져 어머니의 얼굴에는 웃음꽃이 폈다. 무엇 때문인지는 정확히 몰랐으나 건우 역시 웃을 수 있었다.

워낙 작은 분식점이다 보니 손님이 많아도 벌이가 그리 신통치는 않았지만 말이다.

건우의 어머니가 구석에 작게 붙어 있는 TV를 틀었다. 광고가 흘러나왔는데 화려하게 춤을 추는 가수들이 보였다.

"요즘은 노래 안 하니? 연기도 해본다고 했잖니."

"조금 쉬려고요."

"나는 괜찮으니 포기하지 마렴. 아들, 잘할 수 있을 거야."

어머니의 따뜻한 말에 건우는 뭐라 할 말을 찾지 못했다. 어머니는 건우의 그런 심정을 다 아는 것처럼 그의 머리를 쓰다듬었다.

"군대 갔다 오고 다 큰 줄 알았는데. 어휴, 잘 좀 해라."

"하하, 네. 잘할게요."

건우는 웃음을 터뜨렸다. 사고 친 전적이 많으니 입이 열 개라도 할 말이 없었다.

건우는 본격적으로 음식을 준비했다. 건우가 어머니를 따라 일을 하면서부터 메뉴가 다양하게 추가되었다. 잘 기억이 나진 않았지만 전생에 요리를 한 적이 상당히 많았던 것 같다. 아마 검을 내려놓았을 때인 것 같았다. 왜 검을 내려놓고 부엌칼을 들었는지 기억은 떠오르지 않았지만 왠지 모를 행복한 감정이 밀려왔다.

추가된 메뉴는 퓨전 중식이라 보면 될 것이다. 건우의 요리 솜씨는 대단히 뛰어나 가게를 오랫동안 해온 그의 어머니조차 놀랄 정도였다.

그가 이름 붙인 '중원짬뽕'과 '불덮밥'은 당당히 가게의 인기 메뉴로 자리 잡고 있었다.

"좋아, 해볼까."

부엌칼을 들었다. 칼을 들자 그의 눈빛이 날카롭게 빛났다. 떠오른 전생의 기억으로 인한 깨달음은 검기상인을 지나 신검합일에 가까웠다. 그렇다고는 해도 미숙한 육체 때문에 그런 공부를 발현할 수는 없었다.

타다다다다닥!

하지만 확실히 범인들과는 비교할 수 없었다. 칼을 쥔 손놀림은 굉장히 빨랐고 제삼자가 본다면 아슬아슬하게까지 느껴질 것이다. 그러나 한 치의 오차도 없었고 도마에 흠집조차 나지 않았다.

어머니는 이제 익숙한 듯했지만 여전히 그런 건우를 신기하게 바라보는 건 여전했다.

빠르게 준비가 끝나 가게 문을 열자 손님들이 들어오기 시작했다. 아침임에도 불구하고 꽤 많은 손님들이 왔다. 주로 테이크아웃을 해가는 사람들이었는데, 역시 가장 인기 있는 것은 건우가 만든 메뉴였다. 어머니표 떡볶이는 3위로 밀려난 지 오래였다. 새로운 단골손님도 제법 생겨 어머니는 즐거운 듯 보였다.

'좋네.'

그 웃음만으로도 건우는 즐거웠다. 정신없이 일하다 보니 금세 점심시간이 되었다. 점심은 특히 더 바빴다. 주변의 학교로부터 학생들이 몰려오기 때문이다. 예전과 달리 요즘에는 정신없을 정도로 많이 찾아왔다.

'아마 내 메뉴 덕분이겠지.'

흐뭇해진 건우였다. 여학생 세 명이 가게 문을 열고 들어왔다. 뛰어왔는지 한겨울임에도 불구하고 얼굴이 땀으로 가득했다. 여학생들은 익숙하게 주방과 제일 가까운 자리에 앉고는 손을 들었다.

"어머니! 떡볶이 2인분이요!"

"중짬도 하나 주세요!"

중짬은 중원짬뽕을 줄여서 부르는 말이었다.

"참나, 내가 왜 네 어머니니?"

"히히!"

통명스럽게 대답하는 어머니의 말에도 여학생들은 환하게 웃을 뿐이었다. 주방은 오픈되어 있었다. 여학생들은 주문을 하고는 힐끔거리며 건우를 바라보았다. 무슨 문제가 있나 싶다가도 호감이 가득한 눈동자를 보니 큰 문제는 없어 보였다. 자세히 보니 익숙한 얼굴이었다. 몇 주 전부터 매일같이 찾아오는 아이들이었다.

건우가 주문한 음식을 들고 서빙을 하자 학생들의 눈이 반짝였다.

"저 또 왔어요!"

"아, 그래?"

"떡볶이, 오빠가 만들었어요?"

"반 정도는?"

건우의 무심한 대답에도 뭐가 그리 좋은지 웃음꽃이 만발했다. 그 모습에 건우도 피식하고 웃음이 나왔다.

"좀 있으면 시험인데 잘 보라고 해주세요."

"공부를 해야 잘 보지."

"아, 그건 좀……."

"많이 먹어라. 남기지 말고."

학생들은 핸드폰으로 음식 사진을 찍고는 먹기 시작했다. 시간이 조금 지나자 다른 학생들이 몰려왔다. 주변 회사에서 온 직장인들도 있었는데, 자리가 비좁다 보니 주로 테이크아웃을 했다.

신기하게도 여학생들이 많았다. 그리 좋지 않은 곳에 있는데도 어찌 알고 찾아왔는지 궁금하기까지 했다.

하지만 좋은 게 좋은 거라고 그리 깊은 생각은 하지 않았다.

'오늘은 더 많은 것 같네.'

가게 안은 시끌벅적했다.

하루가 다르게 손님이 많아졌다. 잘 안 보이던 교복도 보이고 말을 걸어오는 이들도 많았다. 바빠서 대답은 잘해주지 않았지만 나름 괜찮은 기분이었다.

'힘내볼까?'

진기를 끌어 올리자 쌓였던 피로가 사라졌다. 진기가 천천히 돌기 시작하자 눈빛이 더욱 빛나며 존재감이 뿜어져 나오기 시작했다.

내공이라고 부르기엔 미약했지만 그의 정신적 수양과 함께
하자 아주 큰 시너지 효과가 발생했다. 현대인에게서는 잘 찾
아볼 수 없는 그런 분위기가 흘렀다.

2. 존잘 탄생

민지는 진양예술고등학교에서 미술을 전공하는 학생이다. 진양예술고등학교는 전국에서도 꽤 이름난 예고였고, 지금은 진양예고 출신의 배우가 유명해져서인지 인지도가 더욱 올라갔다. 경기도 교육청과 시에서 지원을 받아 영재 학급을 운영하고 있기도 했다.

한창 유행과 가십거리에 민감한 나이에, 예고의 특성 때문인지 더더욱 그러했다. 얼마 전까지만 해도 아이돌 그룹에 대해 이야기하거나, 요즘 화제가 되고 있는 드라마의 남주인공에 대해 떠들었지만 지금은 그런 것들이 전혀 눈에 들어오지 않았다. 전국은 요즘 핫한 배우 김진욱에게 홀딱 빠져 버렸지만 더 이상 민지의 눈에는 차지 않게 되어버렸다.

방에 붙여 놓은 사진도 시시하게 느껴졌다. 어렵게 구한 팬미팅 자리도 친구에게 줘버릴 정도였다. 그 이유는 바로 얼마 전에 등장한 소문의 분식남 때문이었다. 다소 이상한 명칭이었지만 그의 반에서는 그렇게 불렸다.

'이제 곧 점심시간……!'

진양예술고등학교는 급식이 의무가 아니었다. 예술가의 자유로운 사고를 존중한다는 교칙 아래 점심시간은 자유였다. 한 시간 반 정도로 꽤 길기까지 했다.

도시락을 싸와도 되고 나가서 사 먹어도 되었다. 보통은 싼 가격에 다들 급식을 먹었지만 요즘은 급식을 신청한 학생들도 부쩍 나가서 먹기 시작했다. 진양예고에서 5분 거리인 골목 입구에 있는 분식점 때문이었다.

요즘은 근처 안명여고에서도 몰려와 조금만 늦어도 한참을 기다려야 했다. 안명여고는 전원 급식이 분명할 텐데 몰래 담을 넘어 나온다는 소문까지 돌았다.

"준비해."

옆자리에 앉은 민지의 친구가 진지하게 말했다. 민지가 고개를 끄덕이자 뒷자리에 있는 다른 친구, 민혜는 그녀들을 이해 못하겠다는 듯 고개를 설레설레 저으며 입을 떼었다.

"야, 그렇게까지 가야 해?"

"잘 모르면 그냥 따라와."

민지의 말에 민혜는 한숨을 내쉬고 고개를 끄덕였다.

종이 울리자 그녀들은 바로 빠져나와 복도를 미친 듯이 달렸다. 실내화를 구석에 내던지고 신발로 갈아 신은 다음 다시 달리기 시작했다. 익숙한 분식집이 보이자 잠시 멈춰서 숨을 고르고 안으로 들어갔다.

"저희 왔어요."

"어서 오렴. 오늘도 뛰었니? 천천히 오지 그랬어."

민지와 그녀의 친구들을 맞이하는 것은 가게의 주인 아주머니였다. 무려 분식남의 어머니이기도 했다. 물론 떡볶이가 맛있어서 자주 왔는데, 최근에는 더더욱 맛있어졌다. 물론 그 이유가 주목적은 아니었지만 말이다.

민지는 바로 고개를 돌려 주방을 바라보았다. 행주로 주방의 물기를 닦고 있는 분식남이 보였다. 최근에 알아낸 그의 이름은 이건우였다. 무슨 관리라도 받는지 날이 다르게 점점 멋져지고 있었다. 어제보다 오늘이 더 잘생겨 보일 정도였다.

민혜가 건우에게서 시선을 떼지 못했다. 잘생기기도 했지만 무언가 일반인과는 다른 것이 풍겨져 나왔다. 이것이 오라라는 것일까? 민혜는 그동안 꽤 많은 스타들의 실물을 직접 보았지만 이번만큼 충격을 받은 적은 없었다.

"야, 장난 아니지?"

"어, 어."

"흐흐, 앉자."

주방과 가장 가까운 자리에 앉을 때까지도 민혜는 눈을 떼지 못했다. 주문을 하고 잠시 기다리자 건우가 음식이 담긴 접시를 들고 테이블에 다가왔다. 가까이에서 보니 유난히 커 보였다.

민지가 아는 척하자 무심하게 답하는 그 모습마저 상당히 어울렸다.

"좀 있으면 시험인데 잘 보라고 해주세요."

"공부를 해야 잘 보지."

"아, 그건 좀……."

"많이 먹어라. 남기지 말고."

민지와 건우의 대화였다.

목소리도 아주 듣기 좋았다. 부드럽기도 하고 그 안에 거친 면도 존재했다. 부드러움과 야성미를 동시에 지닌 것처럼 느껴지는, 듣고 있으면 흘려 버릴 것 같은 목소리였다.

"식겠다. 어서 먹으렴."

가게 아주머니의 말에 정신을 차린 민혜가 떡볶이를 먹기 시작했다. 그녀는 감탄을 할 수밖에 없었다.

"맛있다. 내가 아는 맛집보다 맛있어."

"건강해지는 맛이랄까, 그런 게 있어."

"맞아."

특히 중원짬뽕은 장난이 아니었다. 혀를 마비시키는 매운 맛이었지만 아주 맛있게 매운 그런 맛이었다. 남자들보다 여자들이 좋아할 법했다.

민혜는 한참 먹다 건우에게 눈을 돌렸을 때, 다시 한번 충격을 받았다. 건우에게서 사람을 흡입해 버리는 것 같은 분위기가 풍겨져 나왔기 때문이다.

건우의 옥선체화신공의 위력이 발현되고 있었기 때문이다. 풍겨져 나오는 기세는 사람의 주목을 모았고, 분위기는 그를 더 돋보이게 만들었다. 이것은 옥선체화신공의 가장 작은 효과였다. 무공을 조금 알고 있는 자라면 아무것도 아닌 것이었지만, 과거에도 그랬듯이 일반 민초들이나 무공을 모르는 자에게는 꽤 효과가 좋았다.

특히 현대사회처럼 기운에 취약한 경우에는 더더욱 그 효과가 배가되었다. 그 근본이 정도에 있는 만큼 이성을 마비시키거나 홀리지 않는 것이 다행이라면 다행이었다.

건우는 옥선체화신공을 연마하며 대략 짐작하고 있는 부분이었지만 그의 기준으로는 신경 쓰지 않아도 될 수준이니 그냥 넘어갔고, 그 때문에 지금도 신경을 쓰고 있지 않았다. 과거와는 다르게 현대의 성격과 융화되어 버렸기에 생긴 부작용이라면 부작용이었다.

"와, 사람 엄청 많아졌어."

"그러니까 빨리 와야 해. 요즘 여기 완전 장난 아니야. 아, 더 유명해지면 안 되는데……."

민지와 민혜는 그렇게 말하면서 떡볶이 한 그릇을 더 시켰다. 배가 터질 것 같았지만 어쩔 수 없다고 생각했다.

＊　　　　＊　　　　＊

건우의 일과는 단순했다. 아침 일찍 일어나 수련을 하고 가게 일을 도운 다음 저녁에 본격적으로 수련을 했다. 인적 없는 공터를 찾아냈는데, 폐가가 있는 곳이라 오는 사람이 거의 없었다. 당장 귀신이라도 나올 것 같았지만 건우는 그런 것 따위는 신경 쓰지 않았다.

가게 매출도 많이 올라 빡빡하던 생활에 여유가 조금 생겼다. 하지만 가게가 좁고 하루에 파는 양이 한정되어 있어 여전히 아껴 써야만 했다. 게다가 빚도 있어 여전히 빠듯했다. 그의 어머니는 건우의 미래를 위해 적금을 늘렸지만 건우는 어머니가 좀 더 편해졌으면 하는 바람뿐이었다.

건우는 수련에 집중하며 미친 듯이 일을 했다. 어머니는 미친 듯이 일하는 건우를 안쓰럽게 쳐다보면서 서서히 하고 싶은 걸 하라고 그를 밀쳐냈다. 차라리 다른 일을 하라고 그렇게 부탁했다.

장사는 고된 일이었다. 건우의 어머니는 아들의 미래에 족쇄가 되고 싶지 않았고, 남들 부럽지 않게 하고 싶은 것을 하길 원했다. 비록 실패해 좌절하더라도, 돌아올 수 있는 둥지를 만들어주는 것이 부모의 역할이라고 생각했다.

건우는 그런 어머니의 설득을 무시할 수 없었다. 당신께서 원하시니 그렇게 해야 했다.

매일 나가던 가게도 3일로 줄였다. 여유가 생겼지만 막상 무엇을 해야 할지는 감이 잡히지 않았다. 일단 돈을 벌어 빚을 모조리 갚고 싶었다. 지금 이 집도 월세에 비해 괜찮은 편이었지만 제대로 햇빛이 들어오는 곳으로 어머니를 모시고 싶었다.

'당장 돈을 벌려면 공사판이라도 가면 되겠지만……'

하루도 쉬지 않고 시간이 날 때마다 꾸준히 옥선체화신공을 운용한 결과 단전에는 손가락 한 마디보다 조금 더 큰 내공이 생겼다. 영양에 신경을 쓰면서 탁기가 있는 음식을 피하니 그럭저럭 속도가 붙었다.

아직 삼류에도 못 미치는 수준이었지만 내공을 쓴다면 공사판의 일 따위는 식은 죽 먹기였다. 몸도 대단히 좋아져 내공을 쓰지 않아도 쉽게 지치지 않을 것이다.

건우는 택배 상하차 같은 힘든 일을 떠올리면서 진지하게 고민했다.

'어머니가 슬퍼할 만한 일은 하지 말아야겠지.'

그에게 시간을 준 것은 단순히 돈을 벌 수 있는 힘든 일을 하라고 준 것이 아닐 것이었다. 못다 한 공부를 하거나, 꿈을 꾸며 미래에 대한 대비를 하라는 뜻일 것이다.

'꿈이라……'

전생에서 그가 지금 그의 나이대에 꾼 꿈은 무림백천(武林百天) 안에 드는 것이었다. 그 생각을 하자 웃을 수밖에 없었다. 그때는 그것이 그의 전부였다. 그렇다면 지금 자신의 꿈은 무엇일까? 진짜 원하는 것은 뭘까?

무림인이 아닌 현생의 이건우가 원하는 꿈이 무엇인지 진지하게 생각해 보았다.

어쩌면 관심병인지도 몰랐다.

유명해지고 싶었다. 집중을 받는 것이 좋고 노래 부르며 노는 것이 좋았다. 주인공이 되고 싶었다. 지금은 그러한 마음이 많이 엷어졌지만 사라지지는 않았다. 그가 무림백천에 들고 싶어 했던 것도 천하에 이름을 알리겠다는 포부에서 시작한 것이었다. 이름을 알리면 명예를 얻을 수 있고 부 역시 따라왔다.

'그건 지금도 변하지 않았겠지.'

아마 앞으로도 변하지 않을 것이다. 지금 생각나는 것은 그 것뿐이었다.

자신이 가장 잘하는 것이 무엇인지 떠올려 보았다.

일단 무공을 익혔기에 지금 당장 싸움으로 자신을 이길 사람은 몇 없을 것이다. 가장 유명한 종합격투기 시합을 보아도 내공의 흔적을 찾을 수 없었다. 죽고 죽이는 싸움에서도 그는 자신이 있었다. 그보다 그런 싸움에 대한 경험이 많은 이는 없을 것이다. 하지만 전생에서 그렇게 살다 죽었기에 더 이상 싸움은 하기 싫었다. 어머니도 그걸 바라진 않을 것이다.

23살. 이제 곧 스물넷이었다.

운동선수를 시작하기에도 늦은 나이였다. 운동선수로서의 경험과 기술들을 무시할 수 있을 정도가 되려면 확실히 인간의 범주를 벗어나야 했다. 하지만 그렇게 되기까지는 꽤 많은 시간이 필요할 것으로 예상되었다.

그 다음으로 잘하는 것은 음악, 그리고 배운 적이 있는 연기였다. 그 수준은 상당히 애매해서 잘한다고 하기에도 조금 그러했다. 모두 겉핥기 정도였다. 건우는 잠시 고민하다가 옥선체화신공의 효능이 불현듯 떠올랐다.

'확실히…… 기루의 루주들이 쓰는 이유가 있었지.'

크게 와닿진 않았지만 지금도 효력을 보이고 있을 것이다. 목소리도 제법 좋아졌으니 말이다.

과거에는 천한 삼류 무인들이나 익히는 무공이라 멸시를 당했지만 현대사회에서는 어떨까? 현대사회에서는 그가 알고 있는 주력 무공보다 더 큰 힘을 발휘할지도 몰랐다.

건우는 고개를 설레설레 저으며 피식 웃었다. 전생의 기억을 가지고 있기는 해도 20대는 20대였다. 이것은 순리였다. 아마 이러한 고민은 모두가 했을 것이다. 전생에 비한다면 아주 행복한 고민이었다.

'놀면 뭐하나. 일단 일자리라도 알아볼까.'

고민하고 있는 시간도 아까웠다.

오전 오후에는 가게로 가서 도와드리고 야간에 아르바이트를 하는 방향으로 생각해 보았다. 하루에 한두 시간만 자도 운기조식을 하면 큰 부담이 되지 않았다. 요즘은 잠자는 시간도 아까울 지경이었다.

건우의 방에는 컴퓨터가 없었다. 스마트폰은 있지만 집에 오고 난 후 꺼놓았다. 가게 일과 무공 수련에 집중하고 싶었기 때문이다.

충전기에 스마트폰을 연결하고 켰다. 자기 자신의 얼굴을 배경 화면으로 해놓은 것이 보였다. 개폼을 잡고 있었는데 엄청 오그라들어 아무것도 없는 단색 기본 화면으로 바꾸었다. 얼마 전의 자신이지만 참 답이 없다는 생각이 들었다.

오랜만에 스마트폰에 저장된 사진을 바라보았다. 그래도 사교성은 좋아 여러 무리와 잘 어울렸는데, 사고가 나기 전에 대부분 연락이 끊겼다. 충고를 해주는 좋은 친구를 멀리하고 겉멋만 들어 나대는 놈들과 어울린 결과였다.

끼리끼리 모인다는 말이 맞았다. 전생에도 그런 사자성어가 분명 존재했다. 인터넷을 뒤져보다가 스마트폰을 내려놓는데 전화가 왔다.

"승엽이?"

죽마고우였다. 최근에는 사이가 소원해져 만나지 않았다. 전역한 이후에 연락을 드문드문했지만 만난 적은 없었다. 예전에는 거의 매일 만나 놀았었다. 어머니도 가끔 승엽이가 뭐하고 지내는지 물을 정도로 가까웠다.

하지만 자신이 친구를 멀리했다. 아마 승엽이가 명문 대학에 붙은 이후일 것이다. 자신보다 노래도 잘하고 공부도 잘하는 그에게 열등감을 느껴 그런 것이었다.

'친구가 잘되는 걸 축하해 주지는 못할망정 열등감에 멀리하다니……'

그러고 보면 고등학교를 자퇴한다고 했을 때 어머니보다 더말린 것이 승엽이었다. 건우는 전화를 받았다.

—야, 뭐 하냐.

"논다."

—병신. 흐흐.

"닥쳐."

정겨운 목소리였다. 오랜만에 통화했음에도 거리감이 느껴지지 않았다. 원래 그랬다. 친구를 어색하게 만든 것은 자신이었다.

―너 다쳤었다며? 왜 연락 안 했냐. 나와라. 술 사줌.

"나 비싼 몸인데."

―육회 콜?

"굿."

건우는 피식 웃고는 약속을 잡았다. 이 근방이라고 하니 바로 나가면 될 것이다. 건우는 후드티를 걸치고 밖으로 나갔다. 친구를 만나는 건데 차려입을 이유는 없었다. 예전 같으면 쫙 빼입고 나갔을 테지만 더 이상 그런 허세는 부리기 싫었다. 서울의 바로 옆이고 주변에 예고, 대학들이 있기 때문에 번화가는 꽤 괜찮았다. 홍대나 강남에서 허세를 부리며 서식했었지만 이제 이곳이 그에게는 더 친숙했다.

번화가 입구에 도착하자 친구의 얼굴이 보였다. 오랜만에 보니 반가웠다. 그는 나름 잘 차려입고 있었는데 웃는 낯으로 건우를 반겼다.

"야, 오랜만이다."

건우는 피식 웃으며 그렇게 말해오는 승엽의 어깨를 두드렸다.

"신수가 훤한데? 사고 당했던 거 맞아?"

"조금 굴렀어."

"운동하냐?"

"그냥 뭐, 아침에 조금?"

승엽은 고개를 갸웃하며 건우를 바라보았다. 예전에도 꽤 잘났다고 생각은 했지만 이 정도였나라는 의문이 들 정도로 지금 건우의 모습은 빛이 났다. 추리닝 바지에 낡은 후드티를 걸치고 있었지만 무슨 전문적인 모델 포스가 났다. 다소 살이 붙었던 모습은 사라졌고 완벽에 가까운 비율을 자랑하고 있었다. 또한 분위기가 침착해지고 무거워진 것이 조금 의아했다. 원래는 입이 가볍고 경박한 친구였다. 목소리도 예전과는 달라진 것 같았다.

"가자. 육회 쏜다며."

"오늘 집 갈 생각 마라."

건우는 피식 웃으며 거리를 걸었다. 사람이 늘 붐비는 곳이었다. 고등학생도 많았다. 성인으로 위장한 어설픈 화장이 눈에 띄었다.

그 와중에 건우에게로 시선이 집중되고 있었다. 곁에서 걷는 승엽이 그것을 확 느낄 정도였다. 자신도 어디 가서 꿀리지 않았는데 지금은 확실히 꿀렸다.

곧 육회 집에 들어가 술을 마시기 시작했다. 대단히 빠른

페이스였다.

건우가 마음만 먹으면 술에 취하지 않을 테지만 그러기는 싫었다. 오랜만에 보는 친구랑 술에 취해 이야기를 하고 싶었다.

"뭐 하냐, 요즘?"

"빨리도 묻는다. 여기저기 쑤셔보고 있지. 쉽지 않더라."

건우의 물음에 승엽이 대답했다.

승엽은 연극영화과에 진학했다. 학원에서 한 달가량 배운 건우와는 질적으로 달랐다.

"아, 맞다! 윤진 선배가 그, 뭐야. LBS에서 하는 사극 찍는다는데. 너도 알지 않냐? 군대 가기 전에 같이 봤잖아."

"그랬던가."

"응, 거기 PD가 친척이라 꽂아줬다고 하더라. 크, 역시 금수저는 달라. 그래서 좀 졸라봤지. 요번에 엑스트라 자리가 갑자기 비었다는데 같이 갈래? 선배 덕에 욕먹지 않고 나름 편해. 대우도 거의 단역 수준으로 해줄 거야."

"거길 내가 왜 가."

건우는 심드렁하게 말했다.

"업체 안 끼고 하니까 페이도 좋아. 김진희도 온대. 실물이 장난 아니라던데. 혼자 가기 심심한데 같이 가자. 일당은 늦게 받겠지만 뭐, 내가 미리 땡겨줄게."

"아, 귀찮아."

"야, 좀! 가자!"

"어딘데? 서울은 아닐 거 아냐."

건우가 한숨을 쉬며 말하자 승엽은 씨익 웃으며 입을 뗐었다.

"경북 영주."

"미친, 개멀잖아."

"안 멀어. 아빠 차 빌려 가면 돼. 내가 픽업 해줄게. 혹시 아냐? 눈에 띄어서 뭐라도 될지."

"하, 꿈 깨라."

건우도 마음이 기울기는 했다. 승엽에 대한 미안한 마음도 있었으니 말이다. 같이 안 가면 아마 한동안 툴툴거릴 것이다. 경험 삼아 가보는 것도 나쁘지 않을 것 같았다.

"가자, 가자고. 가자니까?"

"시끄러. 알았으니까 그만해."

"오케이! 지금 전화한다."

건우가 승낙하자 승엽은 만족스러운 미소를 지으며 고개를 끄덕였다. 술을 엄청나게 마셨다. 안주 하나를 시켜놓고 족히 여섯 병은 들이켠 것 같았다.

신체가 대단히 좋아져 예전보다 주량이 배 이상 늘어난 건우였다. 내기를 운용하지 않아도 그럭저럭 버틸 만했다. 중원에서 먹은 독한 술이 생각이 났다. 그 맛이 그립기는 했다. 그러나 지금도 나쁘지는 않았다.

"야, 노래방 가자."

"갑자기 뭔 노래방."

"너 노래한다고 나댔었잖냐. 좀 늘었냐? 예전에는 소리만 고래고래 질렀으면서. 뭐, 못 들어줄 정도는 아니었지만."

"디스 쩌네."

승엽이 묵직한 팩트폭력을 날렸다. 사실이라 할 말은 없었다. 워낙 친한 사이라 서로를 욕하는 것도 재밌었다. 승엽의 걸음이 비틀거렸다.

"노래방은 무슨, 얌전히 집에 가라."

"으흐흐흐."

승엽은 뭐가 그리 재미있는지 웃기 시작했다. 건우는 불안해졌다. 승엽은 장난기가 대단히 심한 놈이었다. 대학 가서 얌전해지기는 했지만 그 본능은 숨길 수 있는 것이 아니었다. 택시를 잡아주는 것이 좋을 것 같았다. 승엽과 함께 거리를 걸을 때였다.

노래 소리가 들려왔다. 고개를 돌려 보니 남자가 기타를 치고 여자는 마이크를 쥐고 노래를 부르고 있었다. 스피커는 좋지 않았지만 들어줄 만했다.

'예고 애들인가?'

아마 그럴 것이다. 이제 막 고등학생이 된 것처럼 어려 보였다. 연주와 노래 실력은 별로라 구경하는 사람은 별로 없었지만 그래도 꽤 집중을 받고 있었다.

"오, 잘하네."

"저게?"

승엽의 말에 건우가 고개를 갸웃거리며 말하자 승엽이 씨익 웃었다.

"저 정도면 잘하는 거지. 흐흐, 왜? 네가 더 잘 부를 것 같냐?"

"야, 나 이제 그런 거 안 한다."

"이건우 다 됐네. 패기 없는 거 보소. 지 잘난 맛에 산 놈이……."

잠시 걸음을 멈춰 노래를 들었다. 옛 기억이 밀려왔다. 흑역사라면 흑역사였고 추억이라면 추억이었다.

요즘 유행하는 팝송이었다. 잔잔한 발라드 곡이었는데, 기교보다는 감정이입이 중요한 곡이었다. 워낙 대형 가수가 부른 노래다 보니 따라 하는 이들이 상당히 많았다. 건우도 익히 알고 있는 곡이었다.

노래가 끝나자 작은 박수 소리가 들려왔다. 소녀는 목이 나간 건지 큼큼거리다가 한숨을 내쉬었다. 추운 날씨에 고생하는 모습이 가여워 보여 천 원짜리라도 넣어주려고 건우가 주머니를 뒤질 때였다.

승엽이 성큼성큼 걸어갔다.

"혹시 신청곡 받나요?"

"네? 오늘은 목이 좀 힘들어서……."

소녀는 갑자기 말을 걸어오자 당황했지만 승엽의 태도가 워낙 정중해 경계하는 기색은 곧 사라졌다. 승엽은 전혀 술에 취한 것처럼 보이지 않았다. 제대로 연기를 배운 놈은 술에 취해도 다르긴 달랐다.

나름 잘생긴 얼굴이기도 하고 말도 상당히 잘해 소녀는 금세 승엽과 웃으며 이야기를 했다.

'뭐 하는 건지 참…….'

건우는 피식 웃었다. 예전부터 몰려다니면서 사고 치면 늘 수습하던 승엽의 모습이 떠올랐다.

잠깐의 추억을 뒤로하고 앞을 보니 승엽과 소녀는 이제 아예 나란히 앉아 수다를 떨기 시작했다. 그 모습이 웃겼는지 구경꾼들이 오히려 소녀가 노래를 할 때보다 더 모여들었다. 건우는 승엽이 확실히 난 놈은 난 놈이라고 생각했다.

"정말 진예종 다니세요?"

"그래! 아! 괜찮다면 한 곡 불러도 될까?"

"오, 부르시게요?"

"내가 아니라 내 친구가 장난 아니거든. 홍대를 박살 냈다니까."

"에이, 누군데요?"

승엽이 건우를 손가락으로 가리켰다. 건우는 가만히 있다가 갑자기 시선이 모이자 당황하며 승엽을 바라보았다.

"아! 혹시 분식집에서 일하시는……."

"오? 저놈을 알아?"

"네! 저도 몇 번 가봤어요! 제 친구들도 다 알아요!"

"이야, 이건우 출세했네."

소녀가 감탄하며 건우를 바라보았다.

건우는 한숨을 쉬며 이마를 부여잡았다. 그러고 보니 수습을 하는 것도 승엽이었지만 사건을 주도하는 것도 늘 그였다.

미워할 수 없는 트러블메이커.

딱 그 위치였다.

소녀의 눈빛에는 이미 호감이 가득했다.

"그럼 한 곡 부탁드려요!"

"곤란한데……."

노래를 안 해본 지도 몇 달이었다.

자신감은 없었다. 그래도 나름대로 터득한 발성법과 경험이 사라진 것은 아니었지만 말이다.

"빼지 마라!"

승엽에 말에 건우는 한숨을 내쉬며 마이크를 잡았다. 승엽은 미리 곡도 정해놓았다.

'이별이 온 후에'라는 제목의 잔잔한 발라드였다. 아직도 많은 이들이 부르는 노래였는데, 소주를 부르는 노래 1위로 뽑히기도 했다. 아까 술 먹을 때 아주 잠깐 살짝 침울한 기색을 보여 물어보니 여자 친구랑 헤어졌다는 이야기를 했는데 아마 그런 마음에서 나온 선곡 같았다.

자신에게 이별을 경험해 봤냐고 물어봤을 때 잘 모르겠다는 답변이 나왔다. 기억엔 없지만 왜인지 그랬던 것 같은 감정을 느낄 수 있었다. 술에 취했기 때문인가? 그것은 지독한 슬픔이었다.

소년이 기타를 연주하기 시작했다. 반주로는 괜찮았다.

건우는 옥선체화신공을 운용했다. 진기가 치솟으며 정신이 맑아졌다. 루주들이 쓰는 옥선체화신공에는 대상을 매혹하는 사파적인 구결이 존재했다. 그러나 건우의 심득과 합쳐진 옥선체화신공은 그런 부분이 많이 약해졌다.

대신 내기를 목소리에 공명시켜 마음을 동조시키는 방향으로 발전했다. 음공과 합이 잘 맞아 대성한다면 사람을 터뜨려 버릴 수도 있을 것이다. 하나, 건우는 그런 것은 생각지도 않았다. 어쨌든 그는 정도를 걷던 인물이었다. 그런 부분은 이미 그의 성격으로 녹아들어 있었다.

마이크를 입가에 가져다 대었을 뿐인데도 건우의 분위기가 달라졌다. 강렬한 존재감이 그를 휘감고 있었다. 주변에 있던 구경꾼들이 침을 꿀꺽 삼키고 연주를 하던 소년도 코드를 틀릴 정도였다.

호흡을 내쉬며 눈을 살짝 감는 건우를 바라보던 승엽은 술이 확 깨는 것을 느꼈다. 건우가 커 보였다. 그것은 쉽게 느낄 수 있는 것이 아니었다. 그가 다니는 학교에 강연을 하러 온 노련한 배우에게서나 받을 수 있는 카리스마였다.

건우는 그런 승엽의 시선을 느끼지 못했다. 주목되는 시선과 웅성거림 역시 들리지 않았다. 옥선체화신공은 그에게 대단한 집중력을 부여해 주었다.

건우는 흘러나오는 감정에 집중했다. 그동안 노래를 할 때 감정보다는 발성, 그리고 정확한 음정에 집중을 많이 한 건우였다. 건우는 나름 음을 풍부하게 보이기 위해 소리를 굴릴 줄 알았고 구절과 구절을 부드럽게 연결시킬 수 있는 기교를 지니고 있었다. 여기저기서 듣고 배워본 것들이었다. 하지만 부르면 부를수록 뭔가 불편한 느낌이었고 자연스럽지가 않았다.

그러나 지금은 그런 것이 하나도 떠오르지 않았다. 자연스럽게 녹아버린 것 같았다. 감정으로부터 치솟아 올랐고 옥선체화신공도 그에 동조했다. 마치 자신의 내력으로 검명을 처음 울렸을 때와 느낌이 비슷했다.

"추운 날이었던가요. 아니면……."

첫마디를 입에 담은 순간 어떤 이미지가 떠올랐다. 감정으로 이루어진 이미지는 머릿속에서 그림이 되어 뚜렷해졌다. 그것은 전생의 기억이었다. 전생에서 그는 많은 이별을 겪었다. 좋은 이별도 있었고 극도로 슬픈 사별도 있었다. 그것은 그의 나이에는 결코 경험할 수 없는, 경험했다면 미쳐 버릴 것 같은 감정이리라.

음정에 신경을 쓸 수 없어 많이 어긋났지만 오히려 그것이 더욱 큰 감동으로 다가왔다.

가사를 잔잔히 풀어가는 목소리가 승엽, 소녀, 그리고 주변에 있는 모든 이의 숨을 잠시 멈추게 만들었다. 기타를 연주하고 있던 소년이 연주하는 것을 잠시 잊어버렸지만 건우의 목소리는 멈추지 않았다.

듣기 좋은 중저음 안에 담겨 있는 강렬한 슬픔이 마치 연주처럼 느껴졌다. 반주가 없어도 그것만으로도 청중의 귀를 훔쳐 버렸다. 지나가던 사람들도 하나둘씩 멈춰 서더니 건우의 주변으로 다가왔다.

건우는 점점 감정이 격해짐을 느꼈다. 하지만 굳이 부동심을 유지하려고 노력하지 않았다.

'내력이……'

건우는 기이함을 느꼈다. 진기의 흐름이 빨라지고 단전이 뜨거워졌다. 주화입마의 전초는 아니었다. 오히려 의식이 확장되고 진기가 안정적으로 운용되었다. 그가 많은 시간을 투자해 옥선체화신공을 운용할 때보다 훨씬 더 격렬한 흐름을 보여주고 있는 것이다.

감정에 휩쓸려 더 이상 그 흐름을 통제할 수 없었다. 그는 이성을 누르고 감정에 의식을 올려놓았다.

클라이맥스로 향해 갈수록 그의 음색은 거칠어졌고 정확한 발성에 의한 화려한 고음은 아니었지만 가사와 잘 맞는, 감정이 섞인 거친 목소리가 터져 나왔다.

외부로 발산되는 진기는 강렬한 기세를 만들어내며 목소리와 하나가 되었다.

"우리 이별했던 밤……!"

건우가 마지막 가사를 내뱉었다. 건우가 마이크를 내리고 후련한 마음과 함께 긴 숨을 내뱉을 때까지 잠시 정적이 일었다.

감았던 눈을 떴다.

승엽이 눈을 동그랗게 뜨고 자신을 바라보고 있었고 소녀도 마찬가지였다. 주변으로 시선을 돌리니 아까보다 세 배는 많은 사람이 몰려와 있는 것이 보였다.

짝짝! 짝짝짝!

박수가 터져 나왔다. 건우는 그런 박수 세례에 어안이 벙벙

했다. 솔직히 3분가량이 어떻게 지났는지 잘 기억이 나지 않았다. 중간에 폭발적인 내력의 흐름을 자각한 것이 다였다. 검술에 빠졌을 때 무아지경을 겪은 것과 비슷한 느낌이었다. 마치 좋은 꿈을 꾼 것 같아 잘 불렀든, 못 불렀든 기분이 후련했다.

건우는 예상치 못한 좋은 반응에 당황한 표정이 되었다.

"와, 대박."

소녀가 격하게 손뼉을 치고는 눈가에 고인 눈물을 닦았다. 그리고 콧물이 나는지 코를 훌쩍이다가 상기된 얼굴로 또다시 건우를 바라보았다. 승엽의 눈가 역시 촉촉했다.

"와, 장난 아니다."

"누구야?"

"나 울었어."

주변의 격한 반응이 어색했지만 인정받았다는 느낌이 들어 기분이 좋았다. 건우는 소녀에게 마이크를 넘겨줬다. 존경심이 가득 담긴 눈빛이 부담스러워 살짝 피한 건우는 승엽을 바라보며 입을 떼었다.

"야, 술 다 깼다. 2차나 가자."

"어, 어어."

건우의 말에 승엽이 시원치 않게 대답했다. 승엽은 표정이 멍해 보였다. 건우는 승엽의 눈가에 보이는 눈물 자국을 보며 비웃었다.

"징그럽게 왜 처울어."

"눈물을 흘리니까 더 잘생겨 보이지 않냐."

"미친."

승엽의 말에 인상을 찡그리며 말한 건우는 고개를 설레 저었다. 술집을 찾아 걸었다.

"야, 너 노래 다시 해라. 어디 산이라도 들어갔다 왔냐?"

"응?"

"너보다 잘 부르는 애들, 솔직히 많은데… 뭐랄까, 다른 사람이 가지고 있지 않은 게 느껴진다고 할까?"

"지랄. 네가 무슨 심사 위원이냐."

"아무튼 다시 해봐."

"뭐, 돈 많이 주면. 요즘 좀 그래."

건우는 승엽의 말을 흘려 넘기며 그렇게 말했다. 이제 와서 다시 노래 부른다고 나대기에는 어머니께 죄송했다. 건우의 어머니는 다시 한번 해보라 했지만 건우는 그런 마음을 쉽게 떨쳐낼 수 없었다.

승엽은 아쉽다는 듯 건우를 바라보다가 피식 웃었다.

"야! 가수, 좋잖아!"

"좋기는 개뿔. 야, 알탕이나 먹자. 민폐 좀 끼치지 말고."

"그윽, 으으… 에이 씨. 그래, 콜."

건우는 트림을 하더니 비틀거리며 앞서가는 승엽을 바라보다가 잠시 내부를 관조해 보았다.

확실히 내력은 크게 증가되어 있었다. 여전히 미미한 수준이기는 하지만 확실히 그 존재감을 드러냈다. 그냥 축기를 했던 때의 몇 배는 될 양이었다. 옷을 바라보니 배출된 알콜로 인해 축축해져 있었다.

술은 깨버린 지 오래였다. 정신이 술을 마시기 전보다 훨씬 또렷했다.

'옥선체화신공… 구결을 완전히 해석했다고 생각했지만……'

세상에 완전한 것은 없다. 아직도 그런 오만한 생각을 하고 있었다니 참으로 자신이 어리석게 느껴졌다. 삼류무인들이 모두 알고 있다는 삼재검법 역시 얼마나 많은 묘리를 내포하고 있었던가. 좋고 나쁨은 단지 쓰임의 차이일 뿐이다.

건우는 계속 생각에 빠졌다.

"야, 뭐 해? 똥 마렵냐?"

"헛소리하지 말고. 가자."

깊은 생각에 빠져 버렸던 의식이 수면 위로 올라왔다.

앞서가던 승엽에게 그렇게 말해준 건우는 복잡한 생각을 지우며 입가에 미소를 지었다.

건우는 승엽과 그날 새벽 다섯 시까지 술을 마셨다.

　　　　＊　　　　　＊　　　　　＊

　승엽과의 만남 이후, 건우는 시간을 더 내 수련에 매진했다. 그날 느꼈던 감각을 떠올리며 옥선체화신공을 운용했지만 예전과 같을 뿐이었다.

　부동심을 멈추고 감정을 끌어 올리자 진기의 유통이 더욱 활발해졌다. 보통 무공을 익히는 데 감정은 주화입마를 발현할 수 있는 장애물이었다. 그의 스승 역시 오욕칠정을 모조리 잊어버려야 원하는 경지에 이를 수 있다 했다.

　'정답은 하나가 아니야.'

　전생의 건우였다면 의심 없이 그 길만을 위해 돌진했을 것이다. 그러나 현생과 전생의 기억, 가치관이 합쳐진 지금의 건우는 달랐다. 오히려 좀 더 객관적인 시선에서 무공에 대해 관조할 수 있었다. 건우는 그동안 너무 무인의 사고방식에서 접근한 것은 아닌지 진지하게 고민했다.

　건우는 방바닥에 앉아 옥선체화신공을 떠올리며 명상에 들어갔다. 구결 하나하나를 제대로 짚어보며 그가 알고 있던 모든 깨달음을 접목시켜 보았다. 새롭게 알 수 있던 것도 있고 여전히 불분명한 것도 많았다.

　'감정……'

그것이 이 신비한 무공의 핵심이었다. 옥선체화신공은 일반적인 무공이 아니었다. 어설픈 초식들은 옥선체화신공의 진가를 가리려는 장치인지도 몰랐다. 부동심을 버려야만 옥선체화신공의 진면목에 다가갈 수 있었다. 그러나 그는 망설여졌다.

부동심은 그를 더욱 성숙하게 만들어주었고 이성적인 판단을 하게 해주었다. 감정에 휩쓸리지 않고 냉정하고 객관적으로 현 상황을 바라보며 앞으로의 방향을 정확히 짚도록 해주었다. 그렇기에 지금 그가 느끼는 감정은 제한되어 있었다. 또한 그것이 인간을 버리고 신선이 되는 우화등선의 길이었다.

건우는 피식 웃었다. 그렇게 이룬 경지가 무슨 의미가 있을까? 아프고 슬프고 좋았던 감정, 그런 것들이 없다면 살아도 산 것이 아닐 것이다. 그의 어머니도 건우가 즐겁고 기쁘게 살아가길 바라고 있었다.

건우는 부동심을 잊으려 노력했다. 그러자 막혀 있던 감정이 폭발하듯 치솟았고 그에 맞춰 단전의 진기가 요동쳤다. 건우는 이제야 비로소 진정으로 옥선체화신공의 기틀을 잡았음을 깨달았다. 이는 사파의 무공이 아니었다. 정파의 무학임을 부정하고 있지만 단지 방향의 차이였다.

'현세에서 신선을 만든다.'

그가 깨달은 중심 구결은 바로 그것이었다. 그것은 역천이라 부를 수도 있지만 애초부터 자연은 순리만으로는 해석할 수 없는 것이었다.

'나는 이 무공을 제대로 익혔었던가?'

인생의 처음과 끝을 기억하고 있지만 중간중간은 비어 있었다. 아는 것보다 모르는 것이 더 많았다.

무아지경에 빠져들었다. 감정의 폭발은 그에게 새로운 길을 제시해 주었다.

"후우."

건우는 눈을 떴다. 세상이 달라 보였다. 무채색으로 보이던 세상이 아름다운 색채로 가득 차 보였다. 건우는 살짝 웃음을 터뜨렸다. 그의 옷에는 진득한 노폐물이 맺혀 있었고 얼굴은 온통 땀투성이였다.

시간을 보니 벌써 아침이었다. 단전에는 구슬만 한 내력이 모여 있었다.

'그렇군. 그날 밤에 축적된 기운은……'

자신의 감정을 타인에게 공명시키고 타인이 내뿜는 긍정적, 혹은 부정적인 기운을 흡수할 수 있었다.

그 공명은 아무리 멀리 떨어져 있어도 전해져 왔다. 물론 거리에 따라 자연 속으로 소실되는 것이 있겠지만 조금이라도 오기는 할 것이다.

아주 미약한 자연의 기에 집착할 필요가 없었다. 감정은 힘을 지니고 있었다. 그것을 진기로 바꿀 수 있는 것이 바로 옥선체화신공의 진면목이었다.

전생의 그였다면 정도를 벗어난 수법이라고 하며 매도했을 것이다. 그러나 생각해 보면 이 역시 자연에 포함되어 있는 것일지도 몰랐다. 건우는 옥선체화신공을 지나가는 무공으로 여겼지만 오히려 지금 상황에 가장 잘 맞는 무공이었다.

건우는 깊은 숨을 내뱉으며 기운을 갈무리했다. 그러다가 지독한 냄새에 인상을 찡그렸다.

"일단 씻자."

더러운 젤리처럼 응고된 노폐물은 혐오감을 자아냈다. 잔뜩 찡그리며 욕실로 갔다. 그냥 세탁기에 넣을 수는 없어 적당히 옷을 손빨래하고 오랫동안 씻었다.

거울을 보니 대단히 잘난 남자가 자신을 바라보고 있었다.

"음, 뭐 괜찮네."

스스로 그런 말을 내뱉은 것은 처음이었다. 정신연령이 조금은 낮아진 기분이 들었지만 그것 또한 순리일 것이다. 정신과 육체의 부조화가 사라진 것 같은 느낌이 들었다.

군살도 빠져 육체는 충분히 근육질이었다. 무인의 관점에서 보면 부족했지만 그래도 잘 깎아놓은 것처럼 보기 좋았다. 키도 큰 편이었는데 비율마저 상당히 좋아져 눈에 확 들어왔다. 아마도 옥선체화신공의 경지가 높아지면 더욱 큰 효능이 발휘

될 것이다.

어쨌든 인세에서 신선이 되는 것이 목표인 무공이니 말이다.

욕실 밖으로 나온 건우는 시간을 확인했다. 9시였다. 아침 운동이라도 가려고 할 때였다.

스마트폰이 울렸다. 승엽이었다.

3. 미친 존재감

─준비했냐? 역 앞으로 나와.

　"응?"

　─알바하러 가기로 했잖아. 잊고 있었냐?

　"아, 오늘이었어?"

　─이럴 줄 알았다니까. 아무튼 빨리 나와라.

　잊고 있었는데 바로 오늘이었다. 물론 별다른 스케줄은 없었다. 어머니의 가게를 돕고 있기는 했지만 요즘은 눈치가 보였다. 나오지 말고 학원이라도 다니라면서 돈을 쥐어주니 그럴 수밖에 없었다. 어머니의 마음을 아니 모른 척할 수가 없었다.

건우는 옷을 입고 밖으로 나왔다. 꽤 멀리 가는 것이니 나름 옷장을 뒤져 차려입었다.

어머니에게 승엽이를 따라 촬영장 알바를 하러 간다고 하니 어머니는 뿌듯하게 웃으면서 그를 배웅했다. 단순히 알바인 데도 흐뭇해하시는 걸 보니 건우는 기분이 묘했다.

건우는 지하철역을 향해 걸었다. 옥선체화신공의 기틀을 제대로 잡아 절로 기세가 풍겼는데, 그의 외모와 어울려 주변의 시선을 확 끌었다. 쉽게 시선을 떼지 못할 만큼 강렬했다. 시선에 익숙해진 탓인지 건우는 그다지 신경 쓰지 않았다. 무인으로서 그러면 안 되지만 현대사회에서는 스트레스만 받을 뿐이었다.

역 앞으로 가자 차를 대놓고 핸드폰을 바라보고 있는 승엽이 보였다. 한껏 차려입고 왔는데, 조금 어색해 보이기까지 했다. 건우의 모습을 본 승엽이 아는 척을 하다가 그를 멍하니 바라보았다.

건우는 그의 바보 같은 표정을 비웃으며 입을 떼었다.

"뭘 그렇게 봐?"

"너 진짜 관리라도 받냐?"

"뭔 개소리냐."

승엽은 아무리 생각해도 이상하다는 듯 고개를 갸웃했다.

"와, 연예인?"

"매니저도 있는 걸 보니 그런가 봐."

지나가던 사람들의 목소리가 들렸다. 복장에 신경 쓴 승엽이었지만 건우와 비교할 수는 없었다. 건우는 그저 면바지에 깔끔한 코트를 걸치고 있었는데 화보를 보는 것 같은 분위기를 발산하고 있었다.

나름 잘생겨서 인기가 많은 승엽이었지만 건우의 옆에 있으니 확실히 매니저처럼 보였다. 차를 몰고 대기 중인 매니저 말이다.

"크흠"

승엽은 목소리를 들었는지 헛기침을 했다. 기분 나빠 하는 기색은 전혀 없었다. 친구가 잘났다는 데 그럴 이유가 없었다. 어렸을 때부터 같이 사고를 치며 자라온 건우는 승엽에게 있어 형제 그 이상이었다. 그랬기에 일 년 정도 연락이 뜸했지만 마치 어제 만난 것처럼 친근했다.

"밥 먹었냐? 형이 김밥 챙겨왔다."

"치즈 김밥 아니면 안 먹는데."

"대충 처먹어."

승엽은 피식 웃으며 차에 올랐다. 건우는 보조석에 타자마자 바로 김밥을 먹었다. 치즈 김밥이 아닌 불고기 김밥이었다.

"출~ 발!"

승엽이 쾌활하게 차를 몰기 시작했다. 승엽은 요즘 유행하는 걸그룹 노래를 틀었다.

노래보다는 춤과 퍼포먼스가 뛰어난 아이돌의 노래였는데 나름 중독성이 있었다. 그러나 걸그룹이 늘 그렇듯 부족한 가창 실력 때문에 안티가 꽤 있었다.

건우도 알고 있었다.

"그린나래?"

건우의 말에 승엽이 격하게 고개를 끄덕였다.

"혜민이 완전 예뻐. 실물 여신."

"난 그… 뭐야, 스위티가 괜찮던데."

"한물갔잖아. 너 언제 적 사람이냐."

"군대에서는 장난 아니었어."

건우의 말에 승엽은 손가락을 까딱였다. 건우는 스마트폰으로 그린나래를 검색해 보았다.

비주얼은 확실히 괜찮았다. 그러나 그렇게 확 끌리지는 않았다. 전생의 기억 때문인지도 몰랐다. 그가 알고 있는 기루의 루주들은 인간이 아닌 것 같은 아름다움을 지니고 있었으니 말이다.

승엽은 신이 났는지 노래를 흥얼거렸다.

"세이 세이 얍얍! 세이 얍얍!"

"아, 그만 좀……."

"네버 세이 굿바이!"

승엽은 건우의 말에도 노래를 멈추지 않았다. 졌다는 듯 건우가 같이 노래를 흥얼거리자 승엽이 만족스러운 미소를 그렸다.

목적지는 영주의 선비촌이었다. 조선시대의 전통 가옥을 복원하고 생활상을 재현하여, 유교 문화를 체험할 수 있도록 영주시에서 건설한 테마파크이다. 사극 촬영장으로는 상당히 좋은 곳이었다.

건우는 당연히 처음 가보는 곳이었지만 승엽은 아닌 모양이었다.

"이전에 몇 번 했어. 인석이 알지?"

"인석이? 아, 그놈? 잘 지내냐?"

"참 나, 개랑 같이 갔는데 자빠져서 이빨이 몽땅 나갔더라."

"그럼 난 땜빵이라는 건가?"

"땜빵이랄 것도 없어. 딱히 역할이 있는 것도 아니고 그냥 뒤에 서 있으면 되는 거니. 일당도 10만 원이고 괜찮다. 오늘 촬영은 힘든 거 없어. 날씨도 적당히 춥고 좋잖아? 형만 믿고 꿀 빨아라."

"나쁘지 않네. 근데, 네가 그런 날은 꼭 꼬이던데……."

건우는 승엽이 저렇게 장담하니 불안해졌다.

아무튼 승엽은 이런 촬영 경험이 많았고 조만간 독립 영화의 조연으로도 출현한다고 하니 믿어보는 것도 나쁘지 않을 것이다.

"난 잔다. 도착하면 깨워라."

"아, 진짜 매너 없네."

건우는 눈을 감고 내부를 관조했다. 움직이는 차 안에서 축기를 하기에는 무리가 있었다. 옥선체화신공의 안정성이 뛰어나다 하더라도 자칫 잘못하면 주화입마에 빠질 수도 있었기 때문이다.

내부를 관조하는 것만으로도 수행의 성과는 있었다. 막혀 있는 혈맥을 구체적으로 느낄 수 있었고 수행 방향을 결정할 수 있었다.

전생에 화경의 경지를 이루었던 경험이 있기 때문에 육체의 그릇만 완성된다면 상황이 열악할지라도 어느 정도 성취를 이룰 수 있을 것이다.

소주천까지의 길은 멀고도 멀었다. 지금은 일단 그것을 목표로 잡아야 했다.

조금 시간이 지나 선비촌에 도착했다.

주차장에 들어가니 대형 버스가 보였고 커다란 트럭들도 있었다. 옆에 방송사 로고가 붙어 있었는데 신기하게 느껴졌다. 아직 시간이 되지 않았는데도 벌써부터 모여 있는 사람들이 보였다.

'신기하네.'

엑스트라들을 한곳에 모아서 데려온 버스가 있었는데 건우는 승엽을 따라 그곳으로 다가갔다. 조금 일찍 왔음에도 FD가 나와 있었다. 승엽이랑 아는 사이인 듯 뭐라고 이야기를 나누더니 고개를 끄덕였다.

엑스트라들 사이에 서 있는 건우는 그야말로 군계일학이었다. 키도 훤칠하고 비율도 동양인에게서는 좀처럼 찾아볼 수 없을 정도로 완벽에 가까웠다. 원판 자체가 꽤 좋았고 옥선체화신공의 위력이 파격적으로 효과를 내주고 있었다. 앞으로 성취가 더 깊어진다면 얼마나 더 대단해질지 그 누구도 몰랐다.

"누구야?"

"이쪽에 왜 왔지? 신인인가?"

"본 적 없는 얼굴이야. 뭔가 신인은 아닌 것 같은데… 10년 정도 굴러봤지만 이 정도 느낌은… 음, 연극배우인가?"

한 분야에서 어느 정도 입지를 이룬 자들은 무언가 뿜어내는 기운이 있다. 하지만 건우 같은 경우에는 내력이 발산되는 기세 때문이었는데, 그것이 오히려 훨씬 강력하게 느껴졌다. 상대방의 이목을 거의 흡입하듯 모으는 옥선체화신공의 효능도 한몫했다.

건우는 신기한 듯 주위를 둘러보고 있을 뿐이었다. 주차장이긴 했지만 저 멀리 민속촌을 보는 듯한 가옥들이 보였고 분장을 끝낸 단역배우들이 버스에서 나오고 있었다.

건우는 시선을 쉽게 뗄 수 없었다. 시대와 복장은 달랐지만 전생의 추억이 떠올랐기 때문이다. 고향에 온 것 같은 반가운 느낌이 들었다.

'오길 잘했네.'

FD는 대타로 왔다는 건우를 바라보며 잠시 멍해졌다. 승엽역시 병풍으로 쓰기에는 아까운 인재였지만 건우는 아예 차원이 달랐다. 솔직히 이 드라마의 주인공을 맡은 남배우가 눈에 들어오지 않을 정도였다. 그러나 말이 FD이지 실상은 잡일꾼이나 다름없었다.

'모델인가? 저 정도라면 소속사가 있겠지.'

FD의 생각은 길어지지 않았다.

시계를 보며 정신을 차린 그는 모인 이들에게 의상을 챙기고 분장을 받으라고 다급히 외쳤다.

"야, 촌티 내지 말고 의상부터 받자. 나만 따라오면 돼."

건우는 추억에서 빠져 나와 승엽의 뒤를 따라갔다. 승엽이 모든 일정을 알고 있으니 따라가면 되었다.

의상을 받자 건우는 감탄했다. 의상은 제법 멋진 갑옷이었다.

솔직히 백성1이나 포졸1일 줄 알았는데 나름 병사 정도는 되는 모양이었다. 모형이긴 하지만 나름 검도 쥐여주었다.

검을 잡으니 당장에라도 뽑아 알고 있는 무공을 펼쳐보고 싶어졌다. 균형이 전혀 잡혀 있지 않은 플라스틱 소품이었지만 그래도 뭔가 향수를 자극했다. 기본적인 초식이라면 나름 펼칠 수 있을 것 같기도 했다.

분장 버스에 오르니 건우에게 시선이 집중되었다. 허름한 병사 복장을 하고 있었지만 옷이 날개가 아니라 그의 외모가 날개였다. 마치 사연이 있는 주인공처럼 느껴지기까지 했다.

기본 수염을 붙이는 간단한 분장이었지만 왜인지 건우의 분장은 오래 걸렸다. 뭔가 심혈을 기울여 작업을 하는 느낌이 들었다.

40분 넘게 투자된 분장이 완료되어 슬쩍 거울을 보니 야성미 넘치는 남자가 자신을 바라보고 있었다. 장수 같은 카리스마가 느껴졌다.

아마 오랜만에 검을 쥐어봐서 그런 기세를 끌어 올린 모양이었다. 전생에서의 습관이 나오고 있는 것이다.

'자제하자. 이제 생사결전 따위는 없어.'

시선이 집중되는 것이 불편했다. 아마 현대인들에게는 대단한 압박감으로 다가갈 것이다. 자칫 잘못하면 기혈을 상할 수도 있었다. 분장 버스에서 나와 모여 있는 곳으로 가니 승엽이 건우를 보며 씨익 웃었다.

"오, 멋진데? 이야~ 이 배우라 불러야겠어?"

"폼 좀 나냐?"

건우가 그렇게 말하며 멋스럽게 검을 뽑아 들고 살짝 기본 자세를 잡아보았다. 검은 금방이라도 휘어질 것 같은 소품이었지만 그래도 뽑혀지긴 했다. 그러자 주위에서 감탄하는 소리가 들려왔다.

"오우! 짜식, 잘나가지고는……."

"이제 알았냐?"

그렇게 잡담을 나누고 있을 때 FD가 무전기를 받더니 이동을 지시했다.

입구로 들어가니 마치 옛날 시대로 회귀한 것 같은 풍경이 펼쳐졌다. 건우는 기분이 들뜨는 것을 느꼈다. 마치 소풍을 온 것 같은 기분이었다. 풍경 자체는 달랐지만 옛 기억이 스멀스멀 기어올랐다.

떠들썩한 객잔, 무로써 협을 행하겠다고 소리치던 여러 후기지수들. 서로의 별호를 대며 으르렁거리던 무인들. 그때는 지금보다 훨씬 살기 어려웠지만 나름의 낭만들이 존재했다. 지금 떠올리자면 물론 지옥이기도 했다. 하지만 다 지난 추억이고 되돌릴 수 없는 일들이었다.

건우의 입가에 조금은 쓸쓸한 미소가 지어졌다.

건우의 정신이 다시 현실로 복귀했을 때는 정신없는 현장이 펼쳐져 있었다. 카메라와 모니터를 비롯한 각종 장비들이 보였고 스태프들이 모여 있었다.

병사 역할을 하는 출연자들이 자리를 잡고 있었는데, 건우와 복장이 비슷했다. 저 무리 사이에 껴서 서 있으면 되는 것 같았다.

"안녕하십니까!"

승엽은 돌아다니며 넉살 좋게 인사를 했다. 그냥 스쳐 지나가는 엑스트라는 아닌 것 같기도 했다.

자세히 보면 복장도 조금은 달랐다. 그래도 엑스트라는 엑스트라였다.

FD가 쓸데없는 짓 말고 합류하라고 하자 승엽은 머쓱하게 웃으며 무리에 합류했다.

건우는 승엽의 뒤를 따라가며 주변을 바라보았다.

'오, 연예인이네.'

능숙하게 촬영 현장에 서 있는 배우들이 보였다. 배우들의 복장을 보니 무슨 사극인지 대충 알 것 같았다.

얼마 전에 3화를 방영한 '달빛 호수'였다. 정통 사극은 아니고 퓨전 사극이었는데, 달달한 로맨스와 화끈한 액션 덕분에 초반에는 꽤 시청률이 잘 나왔다고 한다. 지금은 연기력 논란으로 인해 갈수록 떨어지고 있지만 말이다.

가게에서 언뜻 지나가며 본 것도 같았다. 물론 건우는 오그라들어서 그냥 채널을 넘겼지만 말이다. 그도 연기를 배우기는 했으나 주연배우들의 연기는 못 견딜 만큼 오글댔던 기억이 났다.

'남주인공이 아이돌이라 했던가?'

'남자친구들'이라는 조금은 어색한 그룹명이었는데, 그중에서 비주얼을 담당하는 '리온'이 남자 주인공이었다. 2화까지는 연기력이 출중한 아역이 나왔고, 3화부터는 리온이 담당했는데 그때부터 연기력 논란이 불거지고 있었다. 여주인공인 김진희도 극을 이끌어가기에는 부족하다는 평이 많아 나름 고심이 심한 모양이었다.

'뭐, 내가 알 바는 아니겠지.'

연기를 배우기도 했고 한때는 정말 해볼까 하는 마음을 가지고 있었기에, 조금 안타깝기는 했지만 자신이 신경 쓸 일은 아니라고 생각했다.

조금 떨어진 곳에 있는 주인공들이 보였다. 무공을 익히면서 시력이 크게 좋아졌기 때문에 얼굴을 자세히 볼 수 있었다.

예쁜 외모로 유명한 김진희가 서 있었고 그 맞은편에 남주인공이 대본을 들고 서 있었다.

'응?'

아마도 리온일 것이다. 건우는 살짝 놀랐다. 리온에 대해 정확히 알아본 적은 없었다. 사진도 스쳐 지나가며 본 것이 전부였다. 노래는 좀 알고 있었지만 말이다.

'아… 기억났다.'

전생의 기억이 떠올랐다. 비무행을 다닐 무렵, 생사결전을 한 사파의 일류고수 중 하나였다. 상대하기 꽤 까다로워 기억에 남아 있었다.

단지 서로 가는 길이 다르다는 이유로 겨루어서, 결국 건우가 목을 꿰뚫어 죽였었다. 그때를 떠올리니 나름 미안해졌다. 이렇게 인연이 이어지니 신기하기도 했다.

스태프들의 이목이 자신에게 쏠리는 게 느껴지자 건우는 고개를 돌리고 승엽의 옆에 섰다.

승엽이 귓속말을 건네왔다.

"야, 김진희 겁나 예쁘지?"

"그러네."

"반응이 시원찮다?"

"너무 어리잖아."

건우가 그렇게 대답하자 승엽은 어이가 없는지 헛웃음을 내뱉었다.

"하! 우리보다 두 살 많아. 누나라고."

"아, 그래?"

"너 요즘 급 늙은 거 아냐?"

건우는 승엽의 말을 그냥 웃어넘길 뿐이었다. 승엽이 요즘 건우의 정신연령이 그나마 낮아져서 이 정도라는 것을 알 리가 없었다.

엑스트라 무리에 섞여서 대기하고 있었지만 건우의 모습은 숨길 수 있는 것이 아니었다. 잘생긴 아이돌인 리온보다 오히려 건우에게 시선이 더 몰렸다. 스태프들이 은근슬쩍 건우를 바라보며 수군거리기까지 했다.

"자자, 다시 해봅시다."

아직 촬영에 들어가지 않았다. 김태유 PD의 지휘 아래 리허설을 하고 있었는데, 직접 동선을 지정해 주고 배우들의 연기 방향을 주문했다.

의욕이 넘쳐 보였지만 마음에 들지 않는 듯 리허설이 길어졌다. 오전에 끝낼 수 있을 것 같았던 촬영이 오후로 넘어갈 것 같았다.

건우는 청각을 집중해서 상황을 살폈다.

'음… 연기력 문제인가?'

극 중 리온의 역인 이진원이 역적으로 몰리다가 칼에 베이는 장면이었다. 그를 추포하기 위해 온 병사들에게 극도의 공포를 느끼며 울먹이다가 도주를 하는데, 그때 칼에 맞는 장면이었다.

은인의 도움을 받아 죽음을 위장하여 탈출한다는 내용으로 짐작되었다.

대기하고 있는 단역들도 답답한 듯 한숨을 내쉬었다. 건우는 가만히 서 있는 것쯤은 아무것도 아니라 큰 불편은 없었다.

오히려 수행이 되니 이렇게 서 있는 것도 괜찮았다. 이렇게 가만히 서서 돈을 받는 일이라면 언제든지 환영이었다.

"하… 음, 곤란한데… 최종 리허설 한번 갑시다."

최종 리허설은 건우와 승엽을 포함한 엑스트라들까지 모두 동원되었다. 꽤 직책이 있는 단역배우를 쫓아 달려 나오며 주인공을 포위하는 동선이었다. 여주인공은 병사들을 뚫고 남주인공에게 가려 하지만 닿지 못해 눈물을 흘린다는 내용이었다.

스튜디오의 녹음과는 다르게 한 컷, 한 컷 따야 하기 때문에 배우들의 집중력이 대단히 중요했다.

리허설이 시작되자 건우는 뒤에서 달렸다. 칼을 차고 달리니 꽤나 흥이 돋았다.

'옛 생각도 나고 좋구만.'

지금 당장에라도 진기를 끌어 올리며 보법을 밟아보고 싶었다. 만족할 만한 움직임은 나오지 않겠지만 적어도 저 담장 정도는 한 번에 넘어갈 수 있을 것 같았다.

건우는 운이 좋은 것인지 단역배우의 옆 포지션에 위치하게 되었다.

"감히 역모를 도모하다니!"

"어, 억울합니다! 저, 저는……."

"저놈을… 아, 죄송합니다."

김태유 PD 앞이라 긴장했는지 단역배우가 대사를 더듬었다. 아직 촬영이 들어간 것은 아닌, 점검차 대사를 쳐보는 것이었지만 이대로 촬영을 한다면 답이 나오지 않을 것이다. 단역배우는 당황해했다. 물론 리온의 연기도 좋지 않았다.

김태유 PD는 한숨을 내쉬며 다시 조율해 보았지만 여전히 나아질 기미는 보이지 않았다. 쪽대본에 쫓기는 상황이니 결국 어떻게든 찍어내야 했다. 지금도 엄청 밀려 있는 상황이었던 것이다. 화면의 구도를 생각해 보다가 김태유 PD의 눈이 크게 떠졌다.

집중력이 깨지니 아까 전부터 웅성거리던 것이 귀에 들어왔다. 배우에 비견될 만큼 잘생겼다고 생각했던 리온이 오징어로 보였다.

단역배우 옆에 서 있는 병사 때문이었다.

'뭐지?'

리온을 바라보며 서 있는 건우에게서 좀처럼 시선을 뗄 수 없었다. 스스로 빛을 내고 있다는 표현이 옳을 것이다.

남주인공이 빛이 나야 했다. 도저히 같은 동선에 넣을 수 없을 정도였다. 그는 엑스트라 반장을 불렀다. 리허설이 중단되고 이야기가 길어졌다.

마침 현장에는 유명한 드라마 작가인 고인숙 작가도 와 있어 갑작스럽게 회의가 시작되었다.

본래 현장에는 잘 나오지 않았지만 요즘 시청자 게시판이나 포털 사이트 댓글을 의식해서 나온 것이었다. 연이어 계속 히트만 친 작가인데 이 작품으로 기우뚱하니 신경이 크게 쓰였기 때문이다.

쪽대본에 대한 불만, 배우의 역량 등, 그러한 불평불만들이 한꺼번에 터져 나오며 회의가 상당히 길어졌다. 방영이 안 된 상태라면 모를까, 이미 작품이 들어간 상황에서 이러한 일이 불거지니 모두가 답답해했다.

건우는 그런 분위기에는 상관하지 않고 가만히 서 있었다. 눈을 뜬 채로 정신을 내부에 집중하고 있다가 점점 더 모이는 시선에 의식을 수면 위로 띄웠다.

모두 편한 자세를 하고 있었는데, 자신 혼자 정자세였다. 리온이 자신을 바라보고 있는 것이 보였다. 그 옆에 있던 김진희도 마찬가지였다. 그녀는 아예 멍하니 건우를 바라보고 있었다.

그런 김진희의 시선 때문일까?

리온은 인상을 찡그리며 건우를 훑어보았다. 그러곤 비웃음을 지었는데, 주연인 자신과 엑스트라인 너는 하늘과 땅 차이라는 듯한 의지가 담겨 있었다. 그리고 피식 웃으며 입모양으로 뭐라 뻥긋거리는데 좋은 내용은 아닌 것 같았다.

건우의 뒤에 있던 승엽 역시 그런 리온의 이죽거림을 발견하고는 인상을 구겼다.

건우는 기분이 나빠졌다. 전생에 고생도 한 놈이라 잘된 것 같아 나름 마음속으로라도 축하해 줬는데 저딴 식으로 자신을 노려보고 있는 것이다.

'사파의 잡졸 놈이……'

현생의 건우는 제법 사나운 성격을 지녔었다. 전생의 가치관과 융합되어 조금 유해졌지만 자신을 받아들이면서 현생의 성격과 정신이 조금 더 튀어나왔다.

리온을 노려보며 진기를 일으켰다. 약간의 살기를 섞자 곧 그 기세가 리온을 덮쳤다.

"어, 어어……?"

리온은 온몸이 부들부들 떨렸다. 안색이 새파랗게 변하고 오줌마저 조금 지려 버렸다. 갑작스럽게 다가오는 극도의 공포에 이성이 마비되었다.

건우는 곧 살기를 멈추고 고개를 돌렸다. 계속했다면 아예 똥을 지렸을 것이다.

"으, 으으……! 자, 잠시 화장실 좀요!"

리온이 다급히 화장실을 찾아가다 김진희와 부딪혔다. 김진희는 엉덩방아를 찧으며 넘어졌는데 고개를 드니 살짝 젖어 있는 리온의 바지가 보였다. 리온은 눈을 굴리다가 그대로 화장실을 향해 뛰어갔다.

건우는 그런 리온의 뒷모습을 바라보다가 고개를 저었다. 통쾌함이 조금 느껴졌지만 아차 하는 마음이 더 강했다.

'나도 수행이 부족하네.'

힘없는 일반인을 핍박한 것과 다름없었다. 사파 잡졸 놈의 얼굴이 아니었다면 참아냈을 것이지만 전생에 비열한 수법으로 자신을 귀찮게 만들었던 놈이었다.

부동심을 내려놓고 감정을 깨달았기 때문인지 이런 실수를 해버렸다.

"왜 저래?"

"몰라."

"하여튼 저놈, 싸가지 없기로 유명한 놈이야. 엑스트라 반장이랑 친해서 들은 건데, 보조 출연자들 괴롭히고 그러더라. 뭐, 나는 인맥이 있으니 못 건드리지만."

"여전히 사파네."

"응?"

승엽이 머리에 물음표를 띄우며 묻자 건우는 피식 웃으며 아무것도 아니라는 듯 고개를 저었다. 얼마 뒤, 달려온 매니저가 여벌의 복장을 얻어 가는 걸 보니 화장실에 가는 도중 지린 모양이었다. 매니저의 얼굴이 가관이었는데 헛구역질까지 하고 있었다.

결국 다른 장면을 먼저 촬영하기로 하고 식사를 일찍 당기기로 했다.

원래 제시간에 식사를 하는 것이 거의 불가능하니 운이 좋다면 좋은 것이었다.

"오늘 좀 늦게 돌아갈 수도 있겠는데."

"곤란한데."

"미안."

건우의 말에 승엽이 사과하자 건우는 피식 웃고는 고개를 저었다. 엑스트라 반장이 보조 출연자들에게 점심을 먹고 대기하라고 지휘했다.

김진희가 사비로 밥차를 불러왔지만 보조 출연자들은 따로 준비된 도시락을 먹어야 했다.

도시락이라고 해봤자 주먹밥에 반찬 몇 가지가 전부였다. 밥차와 도시락은 하늘과 땅 차이였지만 건우는 그다지 불만스럽지 않았다. 승엽이 선배를 찾아간 사이 건우는 풀밭에 앉아 홀로 주먹밥을 들었다.

도중에 은근슬쩍 나타난 리온과 시선이 마주쳤지만 리온

은 기겁하며 바로 자리를 피했다. 두려움이 각인되어 그의 얼굴만 봐도 지릴 것 같았기 때문이다.

'그래도 우습게 볼 친구는 아니지. 오히려 내가 우스워.'

리온은 건우와 다르게 직업이 있고 돈을 벌고 있었다. 그것이 스스로의 힘이든 인맥이든 자신보다 뛰어난 것은 사실이었다.

건우의 머릿속에서 리온은 사파의 잡졸 놈에서 싸가지 없고 돈 버는 놈으로 인식이 바뀌었다. 그래도 도전을 해온다면 충분히 응징을 해줄 생각이었다.

건우는 여태까지 걸어온 승부를 피한 적이 없었다.

엑스트라 반장이 밥을 빨리 먹으라며 보조 출연자들을 압박하는 것이 보였다. 다른 신부터 촬영하기로 일정을 변경했기에 시간이 많이 남는 편이었지만 괴롭히는 걸 좋아하는 모양이다. 어디를 가나 완장질을 하는 놈들이 있게 마련이다. 과거로부터 시간이 흘러 문명이 고도로 발달했음에도 그것은 변하지 않았다.

건우에게 많은 시선이 꽂혔지만 다가오는 자들은 없었다. 엑스트라 반장도 왜인지 건우에게는 조심스러운 태도를 취했다. 건우가 발산하는 기세와 분위기 때문이었다.

경지가 어느 정도 이르게 되면 그런 기세를 조절할 수 있을 테지만 아직까지는 미숙했다. 부동심이 깨져 감정에 더욱 혼

들리고 있기에 더더욱 그러했다.

"쿨럭!"

"으, 음."

건우를 힐끔하며 훔쳐보다가 건우와 눈이 마주친 보조 출연자들이 사레가 들어 기침을 했다. 건우에 대한 이야기가 돌았는지 시선이 점점 더 몰리고 있었다. 건우는 자리에서 일어나 사람이 없는 곳을 찾아갔다. 이 근방에만 있으면 되니 별다른 일은 없을 것이라 생각했다.

문이 있는 곳을 지나자 마당이 나왔다. 넓은 마당을 보니 옛 기억이 새록새록 솟아났다. 그의 스승 운선도인에게 무공을 사사받을 때가 떠오른 것이다. 모든 것이 떠오르는 것은 아니었다. 안개처럼 드문드문 가려진 곳이 존재했다.

나뭇가지를 들고 서 있는 운선도인이 보이는 것 같았다. 그 시절의 운선도인이 인자한 웃음을 지으며 그를 바라보고 있었다. 부동심을 억지로 깨고 감정을 받아들여서 나온 심마일지도 몰랐다. 그리운 마음이 만들어낸 허상이었지만 그는 그 허상을 쉽게 떨쳐낼 수 없었다.

'검을 잡거라.'

건우는 검을 들었다. 소품용 검이라 흐느적거렸지만 그의 집중을 흐리게 할 수는 없었다. 건우는 진기를 끌어 올리며 기본자세를 잡았다.

운선풍혼검법(雲仙風魂劍法)이었다. 현재의 내공심법과는 맞지 않아 제대로 된 위력을 낼 수 없었지만 운용해 보는 것만으로도 의미가 있었다. 기왕 잡은 검이다. 한 번쯤 마음껏 휘둘러 봐야 하지 않겠나? 왜인지 허상임에 분명한 그의 스승이 지금 또다시 새로운 길을 제시해 줄 것만 같았다.

운선도인의 신형이 흔들림과 동시에 건우를 향해 뻗어왔다. 건우는 이제는 어색하지 않은 보법을 밟으며 회피한 후 검을 휘둘렀다.

건우의 단전에 있는 내력은 한 줌에 불과했지만 건우는 화경에 이르렀던 무인이었다. 기억의 소실로 인해 많은 깨달음이 묻혀 있지만 그래도 한 번 갔던 길이 사라지는 것은 아니었다. 굳어 있는 관절이 삐걱거렸다. 진기의 유통은 답답했지만 그의 얼굴에는 미소가 걸려 있었다.

휘익!

땅을 차며 그의 몸이 화전했다. 뻗어진 검이 모래를 흩날리며 주변을 어지럽혔다. 전날 밤에 내린 눈들이 그의 검을 따라 흩어지고 모이기를 반복했다.

상식을 뛰어넘는 움직임이었다.

운선도인의 움직임에 대응하는 필사적인 공방이었지만 마치 한 편의 춤을 보듯 아름다웠다. 검에 대해 아는 자가 보았더라면 하나하나가 죽음에 닿아 있는 초식이라는 것을 알 수 있을 테지만 현대사회에 그러한 자가 있을지 의문이었다.

아름다운 검무와는 다르게 건우는 사력을 다해 몸을 움직이고 있었다. 운선도인의 나뭇가지가 몸을 찌르는 순간 실제로 죽음을 경험하는 것 같은 감각이 전신을 지배했다.

"흐읍!"

모든 내력을 끌어 올리며 정면을 향해 쏟아부었다.

지이잉!

손에 든 검이 진동했다. 건우를 중심으로 휘날리던 바람이 가라앉았다. 흩날리던 눈꽃들도 다시 제자리를 찾아갔다.

마음이 평온해졌다. 격렬한 감정을 느끼면서도 그 흐름에 흔들리지 않는 법을 배운 것 같았다. 아니, 잊고 있던 것을 깨달은 것이다. 자신이 죽을 때의 기억은 있었지만 뚜렷하게 기억나지는 않았다. 자신의 경지가 어디까지 이르렀는지 궁금했다.

자세를 푼 건우는 눈을 깜빡이며 정면을 바라보았다. 운선도인이 흐뭇한 표정을 지으며 사라지고 있었다. 운선도인은 현생에 이르기까지 그에게 많은 것을 깨닫게 해주었다. 그렇게 건우는 실체가 없더라도 마음이 닿아 있다면 이어질 수 있다는 것을 알게 되었다.

퍼석!

건우의 손에 든 소품이 손잡이만을 남긴 채 박살 나며 바닥에 떨어졌다.

'이런.'

허접한 소품이 내력을 견딜 수 있을 리 없었다. 분위기에 취해 과도한 움직임을 보인 것 같았다.

그 순간, 인기척이 느껴져 뒤를 바라보았다. 타인의 연공을 보는 것은 금기라 습관적으로 살기를 발산할 뻔했지만 가까스로 그것을 억눌렀다.

짝짝짝!

대단히 놀랐다는 표정으로 박수를 치고 있는 중년의 남성이 보였다. 그리고 그 옆에 눈을 동그랗게 뜨고 있는 여인도 있었다.

"오, 정말 대단하군."

중년의 남자는 양반의 차림을 하고 있었다. 양치를 했는지 칫솔을 들고, 다른 한 손에는 대본을 들고 있었는데, 그도 알고 있는 인물이었다.

최운식.

연기파 배우로, 소름 끼치는 악역을 소화해 내 국민악역으로까지 불리는 배우였다. 그러나 평소의 모습은 꽤 인자해 보였다. 여인은 칫솔을 입에 물고 있었는데 거품이 턱선을 따라 흐르고 있었다.

'김진희?'

과거의 기억이 없었다면 허둥거리며 사인이라도 받았을 것이다.

'내력이……?'

옥선체화신공을 운용한 탓인지 최운식과 김진희에게서 뿜어져 나오는 감정을 느낄 수 있었다.

그 감정이 공명하여 건우에게 다가왔다. 그 양은 적었지만 몸 안에 진기가 더해지는 느낌은 흡사 흡성대법을 연상케 할 정도였다.

거리에서 노래를 불렀을 때와 똑같은 감각이었다.

'확실히 사파의 무공으로 취급받기에 딱 좋았겠어.'

진정한 묘리는 감정에 깃든 에너지를 흡수하여 내력화하는 것일 테지만 정파의 시각에서 본다면 사악한 흡성대법 같은 사술로 보일 것이다.

"크흠."

최운식이 헛기침을 하고 눈짓을 주자 김진희가 화들짝 놀라더니 그대로 사라졌다.

턱선을 타고 질질 흐르는 치약 거품을 깨달았는지 급히 닦아내고는 뛰어간 것이다. 뛰어가는 김진희의 귀는 붉게 달아올라 있었다.

최운식은 다시 헛기침을 하고는 건우를 바라보았다.

"음, 무술팀은 오늘 오지 않는 걸로 알고 있는데……"

"보조 출연 알바 대타로 왔습니다. 방해였다면 죄송합니다."

"아닐세. 나야 뭐, 좋은 구경했으니 된 거지. 한 편의 무협 영화를 보는 것 같았네. 내가 이 바닥에서 수십 년 연기 생활을 해왔지만 자네 같은 몸놀림은 처음 보네. 그게 진짜 무술이라는 거겠지."

"자랑할 정도는 아닙니다."

최운식의 눈빛이 반짝이고 있었다. 시청자들을 들었다 놓았다 하는 강렬한 악역을 연기하는 배우답지 않게 호기심이 가득한 눈빛이었다.

확실히 건우의 몸놀림은 예술에 가까웠다. 게다가 바닥에 찍힌 발자국도 마치 꽃 모양을 보는 것처럼 아름답게 펼쳐져 있었다.

그것이 또한 건우의 모습과 환상적으로 어울려 온갖 경험을 다 한 최운식조차 한동안 멍하니 바라볼 정도였다. 최운식은 진희가 그런 모습을 보인 것도 이해가 된다는 듯 고개를 끄덕였다.

"아아! 알바 대타라면 자네가 그 보조 출연이로군. 스태프들이 계속 수근거리길래 설마 했는데……."

최운식이 가까이 다가와 그의 주변을 돌면서 건우를 훑어보았다. 마치 아름다운 도자기를 감상하듯이 바라보았다. 그런 시선에 기분이 나쁠 법도 했지만 맑은 눈빛을 보니 그런 생각은 들지 않았다.

최운식도 키가 작은 편은 아니었지만 건우와 머리 하나 차이가 났다. 건우는 180대 중반의 키를 가지고 있었기 때문이다.

최운식은 감탄하며 건우를 바라보았다. 건우의 주변에 흐르는 신비한 분위기와 강렬한 기세는 최운식에게도 제법 큰 충격을 주었다.

무엇보다 자신에게 전혀 눌림이 없이 사람 대 사람으로 보는 듯한 눈빛이 마음에 들었다.

건우는 낮게 잡으면 10대 후반으로까지 보임에도 이상하게도 어리게 느껴지지 않았다.

"물건이네, 물건이야. 우리 집사람이 호들갑 떨 만하군."

최운식이 말한 그의 아내는 바로 고인숙 작가였다. 부부가 합동으로 드라마를 꾸민 것은 이번이 처음은 아니었다.

김태유 PD와 인연도 있었고 강렬한 러브콜을 보내 이렇게 참여하게 된 것이다.

'마치 태양처럼 빛나는 사람이라고 했던가?'

최운식은 고인숙이 말한 이야기를 떠올려 보았다.

우연히 지나가다가 병사 복장을 한 청년을 봤는데 충격을 받아서 한동안 멍하니 서 있었다는 것이다. 고인숙은 그 아우라와 존재감은 사람의 감정과 영혼을 빨아들이는 것도 모자라 태워 버릴 정도였다며 흥분해서 말했다.

최운식은 그녀에게 백주 대낮부터 꿈이라도 꿨냐고 하며 나무랐지만 눈앞의 청년을 보니 확실히 그럴 만했다. 사람 보는 안목이 무척이나 뛰어난 자신의 아내가 헛소리를 할 리 없었지만 너무 뜬구름 잡는 이야기라 무시했던 것이 미안해질 정도였다.

눈앞의 청년은 비주얼만 보더라도 언젠가는 크게 될 인물이었다. 배우 중에서도 이렇게 잘난 비주얼은 극히 드물었다. 아니, 본 적이 없다는 말이 맞을 것이다.

대한민국에서 제일 잘생겼다는 김진건도 이렇게까지 최운식의 이목을 집중시킬 수 없었다. 그러나 잘생긴 외모만이 전부가 아니었다. 무언가 다른 이들이 가지고 있지 않은 것을 가지고 있었다. 그것은 품격이었고 대선배들만이 가질 수 있는 아우라였다.

만약 눈앞의 청년이 그에 상응하는 실력까지 갖춘다면?

최운식이 감탄하는 것도 무리가 아니었다.

건우도 마찬가지로 최운식을 살펴보았다.

최운식에게서는 정파의 장문인 같은 분위기가 풍겼다. 물론 무력에서는 비교할 수 없었지만 수양을 한 자의 기세가 느껴졌다. 새삼 만류귀종이라는 말이 떠올랐다.

"아! 나는 최운식이라고 하네."

"이건우입니다. 영광입니다. 예전에 드라마를 보고 선생님 욕을 아주 많이 했습니다."

"하하하, 듣기 좋은 말이군."

최운식이 호탕하게 웃으며 먼저 악수를 청해왔다. 건우는 그런 모습에 살짝 웃으며 그의 손을 붙잡았다. TV에서 보던 배우와 악수를 하는 것은 꽤 신기한 경험이었다. 어린 시절 최운식의 연기를 보며 그의 어머니와 같이 그 배역을 욕한 적이 있었다.

그때는 아버지도 살아계셨으니 행복한 추억이었다.

"자네, 지금 따로 일을 하고 있나? 혹시……."

"앗! 선배님, 안녕하십니까!"

최운식의 말이 끊겼다.

승엽이 달려와 최운식에게 90도로 인사했기 때문이다.

승엽은 엑스트라 반장이 집합하라고 하자 건우를 찾으러 온 것이었다.

최운식은 승엽의 얼굴을 이미 알고 있어 고개를 끄덕였다. 워낙 붙임성이 좋은 데다 지인의 추천도 있고 해서 PD도 승엽을 인지하고 있는 상태였다. 최운식 또한 후배 배우를 통해 잠깐 지나가며 본 사이였다.

승엽과 건우가 아는 사이인 것처럼 보이자 최운식이 먼저 물었다.

"이름이… 음."

"이승엽입니다!"

"그래, 그건 그렇고 자네 친구인가?"

최운식이 그렇게 묻자 승엽은 건우를 바라보다가 눈이 크게 떠지더니 다급히 고개를 끄덕였다.

"네! 이 친구가요, 노래도 잘하고 그… 연기 학원도 다녔습니다! 얼굴도 잘생겼고 키도 크고 목소리도 좋구요!"

승엽이 오히려 건우를 어필해 주고 있었다. 건우는 그런 승엽을 말리고 싶었지만 이미 속사포로 말을 다 해버린 후였다. 최운식은 솔깃한 표정으로 고개를 끄덕였다.

"오호, 알겠네. 나중에 술이나 한잔하지. 내가 아는 가게가 있거든."

최운식은 익살스러운 표정을 지으며 건우의 어깨를 두드린 후 사라졌다.

승엽은 최운식에게 인사를 한 후 긴장이 풀렸는지 바닥에 주저앉았다.

"와, 위압감 쩔었어. 나 실수한 거 없지?"

"그럴걸?"

승엽의 말에 건우가 피식 웃으며 대답했다.

"저분에게 잘 보이면 좋아. YS 대표랑 선후배 사이라고 들었어. 으으, 나 잘 보였으려나?"

"뭐, 나쁘지는 않았어. 너야 뭐 싹싹하잖냐."

"그렇지? 근데 너 그거⋯⋯."

승엽이 건우가 들고 있는 소품용 검을 가리켰다.

"아!"

건우의 입이 벌어졌다. 소품이 망가진 것을 다시금 깨달았기 때문이다.

'망했네.'

이미 벌어진 일은 어쩔 수 없었다. 되도록이면 일당 안에서 해결할 수 있기를 바랄 뿐이었다.

건우는 엑스트라 반장이나 소품팀의 사람에게 한 소리 들을 줄 알았다. 그러나 그들은 오히려 간사하게 웃으며 그럴 수도 있다며 넘어갔다.

알고 보니 최운식이 건우를 도와준 것이었다. 오히려 소품이 노후해 건우가 다칠 수도 있었다고 하니 소품팀에서는 문제 제기를 하지 못했다. 여자 스태프의 경우에는 다치지 않았냐고 걱정스럽게 묻기까지 했다. 그런 호의적인 시선은 익숙하지 않은 것이었다.

건우는 그답지 않게 안도의 한숨을 내쉬었다. 화경의 경지에 이르렀던 무인이라도 돈 앞에서는 역시 무력할 수밖에 없었다.

드디어 촬영이 다가왔는데 몇몇 장면을 찍고는 다른 보조 출연자들과 다르게 건우만 대기해야 했다. 카메라에 찍히든 말든 어쨌든 일당은 나오니 건우는 큰 상관이 없다고 생각했다.

어쩌다 보니 바쁜 현장과는 다르게 건우는 붕 떠버렸다. 그래도 심심하지는 않았다. 촬영 현장은 꽤 신기했고 돌아가는 상황을 보는 것만으로도 꽤 재미있었다.

일하러 온 것이 아니라 거의 방청객 수준이었다. 이렇게 있어도 되나 싶을 정도였는데, 그도 그럴 것이 승엽은 분주하게 뛰어다니며 고생을 하고 있었다. 애초에 계획된 동선과 아주 많이 달라져 있었고, 김태유 PD도 상당히 화가 난 것 같아 보였다.

'고생하네.'

건우는 연기 지도를 받았던 시절이 새록새록 떠올랐다. 오 그라드는 기억이었다. 비록 겉멋으로 시작한 일이었지만 노래를 부를 때는 즐거웠고 연기도 새로운 경험이었다.

건우는 구석에서 보고 있기에 누구도 자신을 주목하고 있지 않으리라 생각했지만 사실이 아니었다. 가장 임팩트 있고 중요한 장면을 찍던 리온도 힐끔힐끔 쳐다보다가 실수해서 사과하기 일쑤였다.

"저기… 안 추워요?"

건우는 고개를 돌려 보았다. 어느새 다가온 김진희가 건우를 바라보며 묻고 있었다. 김진희는 고운 한복 위에 두꺼운 패딩을 입고 있었다.

그러고 보니 날씨가 영하 10도에 육박했다. 칼바람까지 불어 대단히 추운 날씨였다. 승엽이 오리털 파카를 가지고 온 것이 기억났는데, 주변을 바라보니 모두 두꺼운 파카를 입고 있었다. 병사의 옷은 얇은 편이라 추워 보이기는 했다. 장갑도 없어 맨손이 드러나 있었다.

쌀쌀한 추위는 느껴졌지만 단전의 내기 덕분에 그리 문제가 될 정도는 아니었다. 오히려 수행의 일환으로써도 좋았다. 스승의 얼굴을 보기 부끄러울 정도로 정신적으로 해이해진 부분이 있어 이 정도 수행은 필요했다.

잠시 생각에 빠졌던 건우는 김진희가 빤히 쳐다보자 생각에서 깨어났다. TV에서나 보던 여배우를 바로 앞에서 보니 오히려 현실감이 없었다.

김진희는 대단한 인기를 끌고 있는 연예인이었다. 배우로 데뷔를 했지만 CF에 주로 얼굴을 내비쳤는데, 최근에는 연기 활동에 전념하고 있었다. 예전에 비해 연기는 많이 나아졌지만 발연기라는 오명을 간신히 벗는 정도였다.

"괜찮습니다."

"이거 가져요."

김진희가 핫팩을 내밀었다. 건우가 눈을 깜빡이며 바라보자 그녀는 얼른 손에 쥐어 주고는 촬영장으로 달려갔다. 건우는 얼떨떨한 표정으로 뜨거운 핫팩을 내려다보았다.

'전화번호?'

핫팩에는 작은 글씨로 휴대폰 번호가 쓰여 있었다. 처음에는 잘 이해가 되지 않아 고개를 갸웃했지만 이내 이것이 무엇인지 깨달을 수 있었다.

누군가에게 이렇게 번호를 받은 적은 처음이었다. 게다가 그 대상이 인기 가도를 달리고 있는 김진희였다. 좋다기보다는 얼떨떨한 마음이 더 강했다.

'내가 누군가를 좋아한 적이 있던가?'

누구나 있을 첫사랑도 없었다. 설렌다는 감정을 느낀 적은 있지만 그것이 좋아하는 감정으로 발전한 적은 없었다. 그렇기에 어떨 때는 연애 세포가 잘려 나간 것처럼 느껴질 때도 있었다.

전생의 기억을 찾은 지금에 이르러서는 그리운 감정이 밀려왔다. 건우는 핫팩을 쥔 두 손에 따스함이 느껴져 피식 웃었다. 알바하러 왔다가 참으로 진귀한 경험을 다 하는구나 하고 생각했다.

*　　　　　*　　　　　*

고인숙은 스타 작가이다. 공백이 길어 옛 명성이 많이 퇴색되기는 했지만 그녀의 히트작은 아직도 회자가 될 정도였다. 한류 열풍 1세대 드라마 작가로서 제작사와 계약해 지금 방영되고 있는 드라마 '달빛 호수' 집필에 참여했다. 거액의 제작비가 들어간 만큼 성공 확률을 높이기 위해서 유명한 스타들을 섭외했다. 고인숙 작가 역시 동의한 부분이었지만 막상 뚜껑을 열어보니 속았다는 느낌이 강했다.

현실에 안주해서 감이 무뎌진 것이 확실했다.

대본 리딩이나 오디션 때 본 연기에 비하면 아주 크게 떨어졌다. 하락하는 시청률을 잡기 위해 대본 작업이 늦어지고 쪽대본이나 다름없어졌지만 고인숙 작가도 대단히 스트레스를 받고 있었다.

작가도 고충이 있었다. 사전 제작 100% 드라마라면 이런 스트레스 따위는 받지 않을 것이다. 아직까지 국내 드라마는 시청자의 반응에 따라 극 내용에 변화를 주는 제작 정서가 있었다.

방송 관계자들은 그것을 '시청자 호흡'이라 부르고 있었다. 방영 중에 시청자들이 끼어들 여지를 만들어줘야 시청률이 잘 나온다는 불문율이 있기 때문이다. 신경 써야 할 것도 한두 개가 아니었다. 지속적으로 요구받는 수정 요청과 간접광고(PPL) 또한 문제였다.

쪽대본은 작가의 역량도 중요하지만 PD의 능력도 중요했다. 김태유 PD의 연출 능력은 톱클래스였고 임기응변까지 뛰어나 어쨌든 고정 시청률이 어느 정도 나오고 있기는 했다.

처음부터 고인숙 작가 중심으로 기획된 드라마였기에 김태유 PD가 전권을 행사하기는 힘들었지만 오랜 인연이 있는 사이라 서로 존중하고 있었다. 그래서 더 힘든 부분이 존재했다.

고인숙 작가는 촬영 현장의 방문이 거의 없는 편이었지만 연이어 터져 나오는 비판적인 여론을 의식하지 않을 수 없었다.

하루에 15시간씩 꼼짝 않고 앉아서 대본을 써도 도저히 나아지지 않았고 압박감에 시달렸다.

그런 상황 속에, 가장 기대가 되는 분량을 촬영하고 있기도 해서 그의 남편인 최운식이 제안해 현장을 방문한 것이다. 물론 노트북을 가지고 오는 것도 잊지 않았다.

"하아."

실망이었다. 현장 분위기가 이 정도로 안 좋을 줄은 몰랐다. 그녀가 구상했던 장면과 너무나 차이가 났고 막상 복장을 입은 리온은 비주얼적으로도 크게 와닿지 않았다.

게다가 제작사 압력으로 넣은 한우 PPL은 생각보다 더 억지스러웠다. 김태유 PD나 조감독도 같은 생각이었다. 시청률을

반등시킬 만한 무언가 임팩트가 필요했다. 드라마는 전쟁이었다. 화려한 화면 뒤에 치열한 전쟁이 벌어지고 있는 것이다.

고인숙 작가가 실망해서 일찍 서울로 올라갈 생각을 할 때였다.

"으응?"

그것은 무엇보다도 강렬한 색채였다. 도저히 주위에 융화되지 않은, 그 존재만으로도 빛을 발하는 태양이었다. 숱한 히트작을 써오며 많은 배우들을 만나 보았다. 그러나 저 정도 포스를 보여주는 배우는 저 나이 또래에 없었다.

가만히 서 있는 것만으로도 주위의 시선을 그야말로 흡입하는, 태양과 같은 중력을 지닌 청년이었다. 리온을 앞에 두고 번뜩이는 눈빛을 발산할 때는 심장이 멎을 뻔했다. 상대를 죽일 것 같은 눈빛, 알 수 없는 흉포한 분위기.

이런 강렬한 감각은 난생처음이었다.

영감이 떠올랐다.

배우를 보고 영감을 받는 작가들도 있었지만 그녀는 그런 타입이 아니었다. 그런 경험도 하지 못했다. 그러나 지금만큼은 자신의 가치관이 변하고 있음을 인정해야 했다.

그녀답지 않게 이리저리 뛰어다녀 알아보니 배우도 아니고 그저 알바를 하러 온 보조 출연자였다.

저 청년을 그냥 보내기에는 너무 아쉬웠다. 그냥 지켜보는 것만으로도 영감이 팍팍 떠오르니 개인적인 친분이라도 다지고 싶었다.

무언가 답답함이 뻥 뚫리는 기분에 그녀는 기분이 좋아졌다.

촬영 막바지가 되었다. 촬영 일정이 고무줄처럼 늘어났지만 다행히도 촬영 속도는 빨라졌다. 무슨 이유인지는 모르지만 리온의 겁을 먹는 연기도 갑자기 살아나기 시작했고, 김진희의 사랑에 빠진 모습 역시 훨씬 자연스러워졌다.

건우는 병사복에서 다른 복장으로 갈아입었다. 이 사극의 흑막이자 가장 큰 악역은 박 대감 역의 최운식이었다. 박 대감이 자객들에게 남주인공이 추포되기 전에 죽여 버리라는 명령을 내리는 장면이었다.

타오르는 횃불 아래에서 깔끔한 복장을 입은 박 대감의 카리스마가 드러나는 장면이었다. 어떠한 언질이 있었는지는 모르지만 건우는 박 대감 앞에 서 있다가 고개를 숙이는 역할을 맡았다. 건우는 나름 베테랑 보조 출연자와 단역 사이에 껴 있으니 기분이 꽤 이상했다.

'살수들이 생각나는구만. 아주 지긋지긋했지.'

살수와 싸웠던 기억이 떠올랐다. 이런 복장이 무척이나 어설프게 느껴졌다. 살수는 화려한 존재들이 아니다. 그림자처럼 움직이며 마치 물건이 된 것처럼 몇 날 며칠 그 자리에서 기다렸다가 상대를 암살하는 그런 자들이었다.

왜인지는 기억나지 않지만 건우도 암살 위협에 시달렸고 살수들에게 대항하기 위해 그들의 움직임을 연구했었다.

"이야, 멋진데. 무술을 하는 친구라 그런가? 아주 딱 어울려."

최운식이 그렇게 말하며 엄지를 치켜들었다. 건우는 짧은 시간 동안 최운식과 상당히 친해졌다. 촬영 중간중간에 찾아오기도 하고 자신의 아내를 소개시켜 주기도 했다. 왜 자신에게 관심을 가지는지는 몰랐지만 다가오는 호의를 밀어낼 만큼 건우는 꽉 막히지 않았다.

은은하게 발현되는 옥선체화신공은 주변 인물들에게 영감과 자극을 주었고 건우에 대한 호감을 자아내고 있었다. 건우가 마음만 먹으면 색공과 가까운 효과를 낼 수 있을지도 몰랐다. 어쨌든 모두가 호의적이니 건우는 꽤 편하게 대기할 수 있었다.

"술 잘 먹나?"

"못하지는 않습니다."

"하하, 좋구만."

촬영이 시작되었다.

최운식은 국민악역답게 엄청난 집중력을 보여주었다. 진짜 그 인물이 된 것 같은 느낌을 받았다. 최운식이 뿜어내는 기세가 바뀌는 것을 느꼈다. 건우는 짧게 감탄할 수밖에 없었다.

'역시 장인이구나.'

연기일 뿐이었지만 이러한 기세를 일으킬 수 있다는 것이 놀라웠다.

큐 사인이 떨어지자마자 복면을 쓴 자객들이 최운식 앞에 도열해 섰다. 짬밥이 있는 보조 출연자가 최운식의 앞으로 가더니 머리를 숙이며 인사했다. 한 번 출현하고 마는 비중 없는 자객단주였다.

이번에 단역이 되어 처음 맡은 역할이었는데, 진중한 분위기에 압도당한 듯 긴장한 기색이 역력했다. 최운식이 턱수염을 쓰다듬으며 자객단주를 바라보았다. 그의 눈빛은 사람이라도 잡아먹을 것처럼 흉흉했다.

"소리 없이 처리할 수 있겠나?"

가래가 끓는 목소리였다.

자객단주의 대사는 없었다. 말없이 고개를 끄덕이고 살짝 칼을 뽑으면 되는 일이었다. 그러나 손이 미끄러져 칼을 놓치기도 하고 동공은 흔들리는 데다가 식은땀까지 흘렸다. 심지어 몸을 덜덜 떨다 구역질을 하더니 그대로 드러누웠는데, 거품까지 물기 시작해 심각한 상황으로 이어졌다.

건우가 빠르게 다가가 그의 맥을 짚었다. 과도한 긴장으로 기혈이 살짝 꼬인 듯싶었다. 기도를 확보하고 몸을 주무르며 풀어주니 다시 정신을 되찾았다.

자칫하면 큰 사고로 이어졌을지도 모르는 일이 해결되자 스태프들은 안도의 한숨을 내쉬었다. 구급차라도 부른다면 드라마에 엄청난 악영향을 끼칠 것이다.

요즘 기자들은 보통이 아니었다. 먹잇감을 노리는 하이에나, 그 자체였다. 김태유 PD가 안도하며 건우의 어깨를 툭툭 쳐주었다. 그러곤 빈 배역에 대해 스태프와 잠시 이야기를 나누더니 건우가 그 배역을 맡게 되었다. 어차피 짧은 역할이고 대사도 없었지만 그래도 정면 샷이 짧게나마 들어갔다.

긴장할 법도 했지만 건우는 전혀 긴장하지 않았다. 수많은 암기 속에서도 가볍게 웃던 건우였다.

'이런 일이 있을 줄은 몰랐는데……'

운이 좋은 것일까? 나쁜 것인지도 모른다. 적어도 1년 동안 제대로 배웠다면 이런 기회를 잘 살렸을지도 모른다.

건우는 숨을 내쉬며 눈을 감았다.

가볍게 생각해 보면 연기는 간단한 것이다. 극본에 나온 인물 그 자체가 되면 된다. 그러나 그렇게 할 수 있는 인물은 극소수일 것이다.

건우는 한 달 정도 연기 학원에 다녔다. 그마저도 성실하게 임하지 않아 이론적으로 배운 건 아무것도 없었다.

아주 간단한 배역이기는 하지만 그래도 기왕 하는 거 제대로 살려보고 싶었다.

건우는 자신과 가장 치열하게 싸웠던 살수를 떠올렸다. 옥선체화신공이 운용되며 진기가 끌어 올려졌다. 그 순간 전생의 기억 속에서 느꼈던 감정들이 진기와 섞이며 발산되었다.

'흑룡대주.'

바로 떠오른 이름이다. 흑룡대주가 자신에게 쏘아 보냈던 감정을 떠올리자 마치 자신이 흑룡대주가 된 것 같은 착각이 일었다.

옥선체화신공이 그것을 가능하게 해주었다. 건우의 인상이 바뀌었다. 강렬한 존재감 대신 칼로 찌르는 듯한 날카로운 분위기가 뿜어져 나왔다. 모두가 말을 잃었다. 소름이 끼치는지 팔을 쓰다듬는 이들까지 있었다.

최운식은 건우의 분위기에 휩쓸리지 않고 오히려 받아치며 더욱 흉악한 인상으로 바뀌었다. 김태유 PD, 촬영감독, 그리고 퍼스트 조연출을 포함한 모두가 손에 땀을 쥔 채로 그 장면을 바라보았다.

큐 사인이 떨어졌다.

최운식은 더욱 악랄한 표정으로 바뀌었다. 가만히 서 있는 자객단주, 건우를 그가 날카로운 눈으로 바라보았다.

한 번에 가는 것은 아니었다. 가장 먼저 풀 샷을 찍어 장면을 처음부터 끝까지 한 번에 간다. 그 이후 카메라를 옮겨 앵글을 잡아 다시 촬영해야 했다.

옥선체화신공의 효능 덕분인지 건우의 집중력은 깨지지 않았다.

건우는 마치 그 인물, 그 상황에 실제로 놓인 것 같은 착각이 들었다. 건우에게서 발산되는 내기는 최운식에게까지 영향을 주었다. 최운식은 미지의 세계에 발을 디딘 것 같은 희열을 느꼈다. 그 배역과 완전히 동화되는 감각은 그로서도 처음 겪는 일이었다.

"소리 없이 처리할 수 있겠나?"

최운식이 물었다. 자객단주는 고개를 끄덕였다. 칼이 한 차례 뽑혀져 나왔다가 순식간에 검집으로 빨려 들어갔다. 그 모습은 두려웠지만 또한 환상 그 자체였다.

자객단주의 살기로 이글거리는 눈빛을 본 최운식이 비릿한 웃음을 머금었다.

"컷! 오케이!"

슛이 들어간 지 얼마 되지 않아 오케이 사인이 떨어졌다. 모든 이들이 웅성거리며 놀란 표정을 지었다.

그런 분위기를 신경 쓰지 않고 건우는 눈을 깜빡이며 진기를 가다듬었다. 건우의 진기와 공명한 촬영 현장의 감정들이 건우를 향해 빨려 들어왔다. 적은 양이었지만 피로를 잊게 해주기엔 충분했다.

최운식은 땀을 뻘뻘 흘리며 자리에 주저앉았다. 다리의 힘이 풀린 것 같았다. 하지만 그는 연기에 대한 새로운 깨달음을 얻은 것 같아 호탕한 웃음을 내뱉었다.

"연기 배운 지 얼마나 되었다고?"

"한 달 정도 배우고 관뒀습니다."

"왜? 왜 관둔 거지?"

"재능이 없어서요."

최운식은 헛웃음을 내뱉으며 고개를 설레 내저었다.

"철수!"

김태유 PD가 그렇게 외쳤다.

드디어 길고 긴 알바가 끝난 것이다. 아침부터 밤까지 일한 것의 대가는 10만 원이었다.

'나름 편하고 재미있었으니 괜찮네. 좋은 경험이기도 했고.'

건우는 지금까지 품었던 조급함을 잊고 여유를 되찾을 수 있었다. 그것만으로도 이번 알바는 꽤나 큰 이득이었다.

'오디션이라도 다시 볼까?'

그런 생각을 떠올렸다가 피식 웃을 뿐이었다.

노래라면 모를까 연기는 자신이 없었다.

'그래도 이 방면으로 가는 것은 맞겠지. 언제가 될지 모르겠지만……'

감정을 흔드는 직업.

그쪽으로 나아간다면 옥선체화신공을 대성할 수 있을 것이다. 물론 가장 최우선 순위는 돈이었다.

건우는 승엽과 함께 다시 집으로 돌아왔다. 승엽의 표정은 밝았는데 최운식의 연락처를 얻을 수 있었기 때문이다. 돌아가는 내내 계속 싱글벙글이었다. 건우에게 뽀뽀라도 해줄 기세였다.

'아, 핫팩.'

소품용 복장에 넣어놓은 것을 깜빡한 건우였다. 아쉬운 마음이 들기는 했지만 금방 잊어버렸다.

그렇게 건우의 보조 출연 대타가 끝났다.

하지만 오늘 촬영이 어떤 결과를 가져올지 그 누구도 예측하지 못했다.

＊   ＊   ＊

김미나는 25살 취업 준비생이었다. 지방 대학교를 나와 여러 자격증을 취득했지만 취업의 문은 높고도 높았다. 요즘은 중국어 자격증에까지 손을 대고 있었는데, 아르바이트도 매일 하니 하루하루가 힘들었다.

집에서는 눈치를 주고 이제 대학교 1학년이 된 그녀의 여동생은 신경을 긁었다. 그녀의 여동생은 아직 사회의 무서운 맛을 못 봐서인지 학점 관리는커녕 자체 휴강을 한 적도 많았다.

김미나와 그녀의 여동생이 유일하게 같은 자리에 있는 시간대가 있었다.

바로 월요일과 화요일 저녁 10시였다.

예능과 드라마는 김미나의 유일한 낙이었다. 그녀는 리온의 팬이었는데 그가 주인공으로 등장하는 '달빛 호수'의 본방 사수를 지켜왔다. 아역 배우가 빠지고 리온이 등장하면서 시청률이 증발하고 있긴 하지만 의리로 보고 있는 것이다.

"다른 거 보자니까. 그거 존노잼."

"내가 보든 말든."

"아, 지금 '맛있는 식사' 한다고."

"다운받아 봐라."

그러나 그녀의 여동생은 계속 다른 걸 보자고 하며 신경을 건드렸다.

"리온 발연기 개노잼이야! 이미지 완전 개망, 똥망, 씹망."

"하아, 이년이……."

"언니도 탈덕해. 요즘 시대에 무슨 팬심이야."

김미나는 동생의 말에 발끈하며 그녀를 발로 찼다.

"얌전히 봐라. 아니면 나가."

"니 집이니?"

"아! 닥쳐. 시끄러."

달빛 호수가 시작되었다. 아무리 봐도 영상미는 수준급이었다. 시나리오도 고인숙 작가가 써 대단히 좋았다. 아역 배우들의 활약으로 시청률이 고공 행진을 기록할 때 대작 퓨전 사극이 나오는 것이 아니냐는 설레발이 많았다.

하지만 지금은 악평이 쏟아지는 기사들뿐이었다. 리온의 영상이나 이미지를 스크랩하는 김미나에게는 기운 빠지는 일이었다. 팬카페에서 옹호 댓글 작업을 했는데 그게 걸려 버려 엄청난 폭격을 맞기도 했다.

그런 상황이었으니 김미나도 크게 기대하지 않고 이번 화를 시청하기 시작했다.

초반부는 좋았다. 눈에 익은 중년 배우들의 연기 향연은 흡입력을 만들어내기에 충분했다. 영상미와 화려한 연출까지 더해져 정신없이 시간이 지나갈 정도였다. 제작진 측에서 말한 이번 화부터 확 달라진다는 호언장담이 비로소 신뢰가 갔다.

드디어 남주인공인 리온이 나오고 김진희도 나왔다.

"오, 처음 봤는데 꽤 하네?"

미나의 동생도 어느새 쇼파에 앉아 집중하고 있었다. 리온의 겁먹고 덜덜 떠는 연기는 수준급이었다. 그동안의 발연기라는 혹평이 무색할 정도였다. 주인공치고는 이번 화에서 비교적 짧은 비중이었지만 말이다. 김진희 역시 꽤 봐줄 만한 연기를 하고 있었다. 몰입을 이어나가는 데 무리가 없었다.

절정 부분에 이르러 최운식이 등장했다. 최운식은 그야말로 대단한 포스를 보여주고 있었다. 화면을 찢어버릴 것 같은 연기였다. 김미나와 그녀의 동생은 소름이 끼치는 것을 느꼈다. 11시가 넘어가고 드디어 마지막 장면에 이르렀다.

최운식의 표정 연기는 그녀들에게 두려움을 심어줄 정도로 대단했다. 분명 이번 화가 끝난 다음에 화제가 될 것이라는 확신이 있었다.

자매가 숨 쉬는 것조차 잊은 것처럼 몰입해 보고 있을 때였다.

[소리 없이 처리할 수 있겠나?]

가래 끓는 목소리는 소름 그 자체였다. 얼굴의 주름 하나하나가 살아 있는 것처럼 생동감이 넘쳤다. 당분간 그 모습을 넘어서는 무언가는 없을 것이라 생각했다.

"허억."

"억!"

그것은 짧은 순간이었다. 최운식의 분량에 비한다면 아주 짧은 시간이었다.

그러나 대단히 길게 느껴졌다. 최운식의 앞에 서 있는 검은 옷의 자객 얼굴은 그녀들의 입을 쩍 벌리게 했다. 고개를 깊게 숙여 보이는 짧은 등장이었지만 뭐라고 표현해야 할지 모를 정도로 충격을 받았다. 마치 마음의 깊은 곳이 뒤흔들리는 것 같은 느낌이었다.

누구라도 죽여 버릴 것 같은 미남자가 고개를 들어 검을 살짝 뽑아 보였다. 날카로운 눈빛은 마치 자신을 쳐다보는 것 같았다. 그런데 그 모습이 두려움과 신비함을 동시에 가져다주었다.

그녀들은 진짜 숨을 쉬는 것조차 할 수 없었다.

[띠리리링! 띵띵!]

가야금 소리가 울리며 드라마가 끝났다.

"……."

"……."

김미나는 말없이 동생을 바라보았다. 동생 역시 고개를 돌렸다.

"대박."

"미친!"

"뭐야? 뭐야? 개쩔어."

"누구야?"

호들갑을 떨던 김미나는 황급히 노트북을 켰다. 포털 사이트에 들어가 실시간 검색어 순위를 바라보았다.

1. 달빛 호수 자객
2. 달빛 호수 마지막 장면
…….
7. 달빛 호수
8. 최운식
9. 김진희

고전을 면치 못했던 달빛 호수가 검색어를 점령했다. 김미나는 검색을 계속하며 자객에 관한 정보를 찾기 시작했다. 그녀의 동생도 핸드폰으로 포털 사이트를 마구 뒤졌다. 어느 정도 시간이 지나자 연이어 기사들이 올라왔다.

〈달빛 호수의 자객은 누구?〉
〈미친 악역 박 대감 최운식, 그리고 자객〉
〈달빛 호수, 비난 속에 숨죽여 기다린 위대한 한 방!〉

김미나는 기사 하나를 클릭해 보았다.

〈달빛 호수의 자객은 누구?〉
LBS 월화 퓨전 사극 '달빛 호수'가 화제를 불러일으키고 있다.

11월 8일 방영된 달빛 호수가 실시간 검색어를 점령하고 있는 상황이다. 걱정과 우려 속에서 방영된 5화는 많은 시청자들의 호평 속에서 마무리되었다.

네티즌들의 관심사는 미친 연기력을 뽐낸 최윤식이 아닌 마지막 장면에 짧게 등장한 자객이었다. 운율(리온 분)과 대립 관계가 기대된다는 호의적인 관측과 김태유 PD와 고인숙 작가 콤비의 숨겨진 한 수라는 평가가 나오고 있다. 또한 평론가들로부터 아주 짧은 등장에도 불구하고 연출을 살린 제작진의 집중력이 대단하다는 찬사가 이어지고 있다.

……(후략)…….

[호감도 순 보기]

tron****: 미친 연기 지렸음ㅋㅋㅋ 이번 엔딩은 정말 미친 것 같다.(좋아요: 403 싫어요: 12)

답글 43

jupn****: 이렇게 뒤통수 칠지 생각도 못 했다. 언론에 안 흘리고 계속 숨긴 제작진이 대단…….(좋아요: 203 싫어요: 32)

답글 12

wina****: 자객 누구임? 바로 입덕함ㅋㅋㅋㅋㅋ 설레 뒤짐ㅋㅋㅋ 리온 따위 안 보임ㅋㅋㅋ.(좋아요: 93 싫어요: 12)

─RE: rone****: ㅋㅋㅋㅋ그러니까요ㅋㅋ 담주 월요일 개기

대됨.

　—RE: 1231****: 리온 따위라니 사과하시죠.

　그녀가 자주 가는 사이트에서도 아주 난리가 아니었다. 자객의 움짤이 올라오자 수많은 댓글들이 줄을 이루었다. 김미나는 그 움짤을 멍하니 바라보았다. 옆에 있던 그녀의 동생도 마찬가지였다.

　모니터를 검으로 찢어버릴 것 같은 카리스마는 환상적인 외모와 너무나 잘 어울렸다.

　그야말로 미친 매력을 지닌 자객이었다.

＊　　　　＊　　　　＊

　보조 출연을 한 뒤 건우는 예전처럼 평범한 일상을 보냈다. 쪽대본과 급박한 시간의 압박 속에서 건우의 생각보다 그가 출연한 회차의 방영이 빠르게 결정되었지만 건우는 전혀 신경 쓰지 않았다. 그저 아주 잠깐 화면에 비치는, 말 그대로 엑스트라였기 때문이다. 편집될 수도 있고 제대로 나오더라도 그저 스쳐 지나가는 역할이었다. 오히려 신경 쓰는 것이 이상할 정도였다.

　건우는 억지로 가게로 나가서 가게 일을 돕거나 일당이 센 육체노동 알바를 하며 시간을 보냈다. 무공 수련을 하는 것도 게을리하지 않아 하루에 한 시간 남짓 잔 적도 있었다. 그러나 내공의 힘은 대단했다. 운기를 하면 조금만 쉬더라도 길게 잔 것처럼 상쾌했다. 운기 자체가 몸의 손상된 세포들을 치유해 주고 신체를 활성화시켜 주니 오히려 수면보다 더 효과가 좋았다.

'이제 육체가 어느 정도 완성되었네.'

건우는 거울에 비친 자신의 모습을 바라보며 고개를 끄덕였다. 도저히 헬스와 같은 운동으로는 만들 수 없는, 군더더기 없는 몸이었다. 육체노동을 하면서 몸을 효과적으로 쓰며 단련하는 것은 꽤 좋은 방법이었다. 돈도 벌고 수련도 할 수 있으니 재미가 붙었다.

근육 하나하나가 과하지 않은 선에서 돋보이고 있었다. 그는 정도를 걷는 무인답게 밸런스가 잘 잡힌 몸이었다. 시각적인 아름다움 또한 부각되었지만 그쪽 방면에는 신경을 쓰지 않았다.

'그래도 휴식은 중요하지.'

육체는 전혀 문제가 없었지만 정신적인 방면에서는 중요했다. 휴식을 통해서 육체를 돌아보고 깨달음을 더욱 깊게 만들 수 있기 때문이다.

건우는 지금 늘 가던 산에 와 있었다. 산 중턱에 공터가 있었는데, 그곳이 건우의 새벽 수행 장소였다. 내일은 하루가 모두 비니 태양이 뜰 때까지 전력으로 수련할 생각이었다.

그가 가진 것은 육체뿐이었다. 그러나 육체가 건강하다면, 그리고 뛰어나다면 무엇이든 할 수 있는 가능성이 있었다. 아무것도 없지만 가장 좋은 시작점을 지닌 것이었다.

'전생과 현생… 통틀어서 이제야 겨우 자식 노릇을 하게 되었네.'

건우는 알바하며 받은 돈으로 어머니께 내복을 선물해 드렸다. 그리고 처음으로 어머니께 용돈을 드렸다. 모은 돈을 전부 드렸지만 허전하기는커녕 마음이 따듯하게 차올랐다. 살짝 눈시울을 붉힌 어머니의 모습이 떠오르니 지금까지 살면서 가장 잘한 일이라는 생각이 들었다.

건우는 깊은 숨을 내쉬며 자세를 잡았다. 새벽의 산은 인적이 아예 없었다. 불빛조차 없어 아무것도 보이지 않았지만 건우에게는 큰 장애가 되지 않았다. 오히려 감각을 키울 수 있어 최고의 환경이었다.

삼재권법을 시작으로 몸을 달구었다.

휘익!

내력이 담긴 주먹이 바람을 가르며 파공성을 내었다. 다리가 바닥을 쓸며 지나갈 때마다 거친 자국이 바닥에 새겨졌다.

"흐읍!"

퍼억!

빠르게 뻗어나간 주먹이 바위를 때리자 바위에서 파편이 치솟으며 주변으로 비산했다. 바위에는 도저히 주먹으로 만들었다고는 믿기지 않는, 마치 거대한 망치로 때린 것 같은 흔적이 남아 있었다.

삼재권법을 그럭저럭 펼칠 수 있는 수준에 이르렀지만 아직도 갈 길이 멀었다. 그는 본래 검수였지만 권법에도 상당한 조예가 있었다. 운선도인 역시 그러했기에 그의 모든 것을 물려받은 건우 역시 권과 검, 두 방면에서 뛰어났다.

"후우."

숨을 내쉬며 자세를 풀었다. 트레이닝복이 땀으로 젖었지만 살벌한 추위에 금세 얼어버렸다.

"목검이라도 구해야겠어."

그렇게 생각한 건우는 가부좌를 틀었다. 육체 수련을 마무리하고 옥선체화신공을 통해 축기를 하기 위해서였다.

'그러고 보니 오늘이 방영일이었던가?'

갑자기 드라마가 생각났다. 분명히 오늘 밤 10시쯤에 한다고 승엽이가 잔뜩 들떠서 전화를 했던 것이 떠오르자 건우는 고개를 설레 내저었다. 가족들에게 다 자랑한 모양인데 편집이라도 당했다면 대단히 실망할 것이다. 애초부터 건우는 기대조차 안 하니 그럴 일은 없겠지만 말이다.

'비가 와서 그런가? 기운이 맑군.'

오늘은 정말로 해가 뜰 때까지 내공 수련을 할 수 있을 것 같았다. 육체와 정신, 그리고 외부 요소가 만족하는 이런 날은 드무니 말이다.

건우는 잡념을 지우고 정신을 집중했다. 그렇게 옥선체화신공을 운용하여 자연에 떠도는 기를 받아들일 때였다. 건우의 눈이 갑자기 떠졌다.

"무슨?"

자연의 기와는 다른, 무언가 다른 기운이 그를 향해 쏟아져 오고 있었기 때문이다. 그것은 자연의 기와 결합하여 더욱 큰 기운이 되어 있었다.

아주 먼 곳에서부터, 그리고 제법 가까운 곳에서부터 출발한 기운들이 그를 향해 흘러들어 오고 있었다. 손실이 많이 되어 있기는 하지만 그저 자연의 기만 받아들였을 때와는 그 양부터 달랐다. 건우는 이와 같은 감각을 알고 있었다. 노래를 할 때, 또는 연기를 했을 때 다른 사람의 감정과 공명을 하여 기운을 흡수했던 그때의 감각이었다.

'설마⋯⋯.'

떠오른 것이 있었다. 바로 드라마였다. 만약 그러한 공명 현상이 실시간이 아닌, TV 같은 매체를 통해서도 가능하다면 이러한 현상이 일어날 수 있었다. 그러나 자신은 아주 잠깐 출연한 엑스트라였다. 그렇게 큰 영향을 끼칠 것이라고는 생각되지 않았다. 의문이 꼬리에 꼬리를 물고 이어졌지만 일단 몰려오는 기운들이 전부 소실되기 전에 흡수하기로 마음먹었다.

건우는 다시 눈을 감고 정신을 집중했다.

지금까지의 진행 상황과 비교했을 때 대단히 많은 양이었다. 신체의 부담을 걱정할 정도는 아니었지만 지금 상황으로는 조금 버겁게 느껴질 정도였다. 밀도 높은 기운들이 호흡을 따라 단전으로 향했다. 아주 적었던 내력이 이제는 그 존재감이 느껴질 정도로 커졌다.

정신없이 기운을 받아들였다. 해가 떠오르고 나서야 건우는 눈을 뜰 수 있었다. 몰려오던 기운들은 해가 뜨기 전에 대부분 소실되었는데, 내력을 다스리는 시간이 생각보다 길어졌기 때문이다.

'이 정도라면… 반년 정도의 내공은 되겠어.'

내력을 쌓기 시작한 지 얼마 되지 않은 시점 치고는 대단히 큰 내력이 모인 것이다. 현대사회에서 이처럼 빠르게 내력을 쌓을 수 있으리라고는 생각하지 않았는데 기연이라면 기연이었다. 어째서 이런 일이 발생했는지 여전히 의문이 남을 뿐이었다.

10년분의 내력이 있으면 소주천에 도전할 만했고, 2갑자정도 되는 내력이 있다면 임독양맥을 타통하여 화경의 경지를 노려볼 수도 있었다. 물론 아주 먼 이야기이기는 하지만 말이다.

건우는 자리에서 일어나 집으로 향했다. 내력이 크게 증가하니 발걸음이 상당히 가벼웠다. 이제는 그럭저럭 경공술을 펼칠 수 있는 수준이었다.

집에 도착해 샤워를 하고 책상 위에 있는 핸드폰을 바라보았다.

"뭐지?"

부재중 전화가 30통이 넘게 와 있었다. 건우는 고개를 갸웃했다. 저녁에 나갈 때까지만 해도 승엽과 통화한 것 이외에 한 통도 오지 않았던 전화였다. 번호를 살펴보니 승엽의 번호도 있었고 전혀 모르는 번호도 있었다.

스마트폰이 있다면 누구나 하는 애플톡도 탈퇴한 상태라 연락 바란다는 문자가 많이 와 있었다.

"무슨 문제라도 생겼나?"

문제가 될 일을 한 적은 없었다. 건우가 잠시 고민하고 있을 때 전화가 왔다. 승엽이었다.

—뭐 하느라 이제 받아?

"뭐야, 새벽부터. 운동 좀 했어."

—야, 모르고 있었냐? 야, 빨리 인터넷 확인해 봐!

"왜, 뭔 일인데? 혜민이가 열애라도 한다디?"

─지금 아이돌 이야기할 때가 아니라고, 답답한 놈아!

갑자기 높아지는 볼륨에 건우는 인상을 찡그리며 휴대폰을 잠시 귓가에서 떼었다.

─아무튼 빨리 보기나 해라.

"니가 내 애인이냐?"

─어휴, 밤새서 피곤하다. 난 잔다. 조금 있다가 연락하마. 그리고 핸드폰 좀 들고 다녀!

통화가 끊겼다. 건우는 의아한 표정을 지으며 잠시 휴대폰을 바라보다가 인터넷을 켰다. 승엽이 인터넷을 보라고 했으니 일단 켠 것이다. 가장 유명한 포털 사이트인 다이버에 들어가 보았다.

그러고 보니 인터넷을 하는 것은 상당히 오랜만이었다. 집에 컴퓨터도 없었고 좋아하던 피시방도 가지 않은 지 오래였다. 스마트폰은 거의 집에 놓고 다니고 있었다. 전생의 기억도 영향을 끼쳤지만 너무 바쁘게 지낸 탓도 있었다.

건우는 오랜만에 휴대폰을 들고 침대에 누웠다. 무슨 사건이 일어났는지 궁금해서 화면을 만지작거렸다.

'달빛 호수… 꽤 인기 있네.'

달빛 호수가 검색어를 줄 세우고 있었다. 얼핏 들은 이야기로는 그렇게까지 화제인 작품은 아니라고 들었는데 말이다. 건우는 실시간 검색어를 확인하다가 달빛 호수 자객이라는 검색어가 아직도 1위인 것이 보이자 그것을 클릭했다.

관련 기사와 블로그들이 줄지어 나왔다. 건우의 핸드폰은 보급형 중에서도 저사양이었기에 상당히 버벅거렸다. 기사를 보던 건우는 깜짝 놀랄 수밖에 없었다. 다른 배우들을 칭찬하는 기사도 있었지만 초점은 '자객'에 맞춰져 있었다. 자객은 다름 아닌 건우였다. 그의 이미지가 캡처되어 기사마다 붙어 있었다.

"뭐지?"

왜인지 엄청나게 주목받고 있었다. 한낱 엑스트라가 말이다. 드라마 제작사의 숨은 한 수라든지, 이상한 추측들이 난무하고 있어 건우를 당황시켰다.

전혀 예상하지 못한 상황이었다.

'이건……!'

건우는 자신에게 몰려온 기운에 대해 떠올려 보았다. 그러자 새벽에 있던 일들이 드디어 이해가 되었다. 옥선체화신공은 TV 너머까지 영향을 미쳐, 감정과 공명하며 자신에게 기운을 가져다준 것이다. 오는 도중에 손실된 것들이 대부분이었지만 그마저도 꽤 많은 기운이었다. 눈을 감고 느껴보니 지금도 소량이기는 하지만 기운이 느껴졌다. 자연의 기와 섞이며 다양한 색깔을 내포하고 있는 기운이었다.

'과거였다면 그저 괴이한 무공에 불과할 테지만……'

과거였다면 그저 주변의 인물들에게 감정을 공명시켜 기운을 흡수하는 무공에 지나지 않았을 것이다. 다른 효능이 있기는 하겠지만 명문정파의 심법보다도 효율이 낮았고, 또 흡수하기까지의 과정 또한 대단히 번거로웠다.

건우조차도 크게 생각하지 않고 특색 있는 무공이라 생각할 정도였으니 말이다. 그러나 이런 상황이라면 이야기가 달라졌다. TV나 다른 매체를 통해 그것을 보고 있는 자들과 공명이 된다면 어떻게 될까? 흡수할 수 있는 기운은 한계가 있었지만 어떤 내공심법보다 뛰어난 효율을 보여줄 것이다.

'이러한 상황에서도 무공 수련에 관련된 것만 떠오르다니……'

무인은 무인인 모양이다.

그는 침착하게 여러 기사와 블로그 글들을 훑어보았다. 다음 전개에 대한 폭발적인 기대감이 느껴졌다. 그러나 저번에 한 대타 알바로 끝이었다. 애초에 승엽이 아니었다면 가지도 않았을 곳이다. 나름 출연진들과 이야기까지 나눴지만 어쨌든 그는 단역도 아닌 보조 출연자였고 그마저도 대타로 갔을 뿐이었다.

승엽이 계속 전화했던 것이 이해가 되었다.

건우는 좋은 건지 나쁜 건지 아직까지는 분간이 잘 되지 않았다. 유명해지고 싶었던 현생에서의 기억은 분명히 그에게 영향을 끼치고 있지만, 이번 일은 깊게 생각해 보면 단순한 일이 아니었다. 자칫 잘못하면 달빛 호수라는 드라마 전체에 피해를 끼칠 수도 있었다.

게다가 현재로써 그가 할 수 있는 일은 없었다.

'시간이 지나면 가라앉겠지.'

건우는 그저 잠깐 화제의 인물이 된 것뿐이라 생각했다. 그러한 경우를 많이 봤으니 이번에도 그렇게 될 것이라고 예측했다. 요 근래 일어난 가장 큰일이기는 했지만 이런 일에 일희일비할 만큼 건우의 수행은 낮지 않았다.

4. 3대 기획사

시간이 지나면 관심이 적어질 것이라는 건우의 생각과는 달리 오히려 관심이 증폭되고 있었다. 때마침 큰 화젯거리가 없기도 했고 논란을 낳고 있는 달빛 호수에 관한 일이었기에 관련 기사로 아주 도배가 되고 있었다.

그런 분위기 속에서 핸드폰이 울렸다. 그가 알고 있는 번호였다.

'석준?'

이름만 들어도 누구나 다 알 법한 YS엔터테인먼트의 대표 이석준이었다. 지금도 인터넷에 검색하면 기사가 줄줄 나올 것이다. YS는 굵직한 아이돌 그룹을 배출한, 대한민국의 3대 기획사 중 하나였다. 가수 쪽이 두드러지고 배우나 다른 분야는 약세이기는 하지만 누구도 무시할 수 없었다.

이석준 대표는 대단히 청렴한 인물로 손꼽혔다. 그는 기본적으로 인성을 중요시했고, 노예 계약 같은 잡음은 단 한 번도 나오지 않았다. 최근에는 그가 키운 가수가 다른 소속사로 가자 쿨하게 보내주기까지 했다. 말끔한 이별은 아니었지만 그는 그 가수를 탓하지 않았다. 그 덕분인지 YS는 연예인을 지망하는 이들이 가장 가고 싶어 하는 곳으로 꼽히고 있었다.

주기적으로 봉사 활동도 하고 기부도 해서 이미지는 굉장히 좋은 편이었다. 최근에는 휴식기라 다른 기획사에 밀리고 있지만 그래도 여전히 건재했다.

건우도 잘 알고 있었다. 열등감에 사로잡혀 감히 오디션을 보지도 못한 기획사였다. 한데 전생과 이어져, 현생에서 이렇게 연락을 받으니 묘한 기분이 되었다.

─오랜만입니다, 건우 씨.

"네, 안녕하세요?"

─그동안 연락을 못 드려 죄송하게 되었네요. 회사의 일로 바빠서요.

"아닙니다. 가게 일은 감사합니다."

어머니가 사례 같은 것은 한사코 거절했지만 은근히 뒤에서 도움을 준 것을 건우는 눈치채고 있었다. SNS에 YS 소속의 가수들이 가게에 대해 알렸고 얼마 전에는 모 방송국의 '맛집 탐험'이라는 곳에서 촬영까지 왔었다고 한다. 그때 건우는 공사장에서 일을 하느라 그 자리에 없었다.

─무슨 말인지 모르겠군요.

"아, 하하. 네."

석준의 성격은 전생과 똑같았다. 상대를 배려할 줄 알고 신중했으며 생각이 깊었다. 부러질지언정 타협은 없는 올곧은 인물이었다. 그렇기 때문에 죽었다. 건우의 마음이 차분하게 가라앉았다. 그의 목소리를 들으면 그때의 기억이 계속해서 떠올랐다.

무인에게 있어서 구명지은은 가장 큰 은혜였다. 하물며 자신의 목숨을 버리면서까지 구명지은의 은혜를 베푼 의제였다. 석준의 아이를 구하면서 어느 정도 갚았다는 것이 기쁠 뿐이었다.

─저번의 약속도 있으니 괜찮다면 한번 뵙는 게 어떻겠습니까? 오늘 괜찮나요?

"아! 그러고 보니 술 약속이 있었죠?"

─하하, 그렇죠. 그럼 조금 있다가 뵙는 걸로 할까요?

"네, 괜찮습니다."

석준과의 통화는 유쾌했다. 약속을 잡고도 제법 긴 시간 동안 통화를 했다. 그것은 석준도 마찬가지였는지 목소리가 상당히 밝았다. 건우는 간만에 기분 좋게 웃을 수 있었다.

'행복하다.'

행복했다. 석준이 잘 지내고 있으니 안심이 되었고 흐뭇했다. 조금은 눈물이 날 정도였다. 건우는 깊은 숨을 내쉬고 자신의 얼굴을 문질렀다. 괴로웠던 전생의 기억을 애써 떠올릴 필요는 없을 것이다.

건우는 옷장에서 옷을 찾기 시작했다. 나름 격식에 맞는 옷을 입고 싶었다.

"뭐 찾니?"

건우의 어머니가 방문을 열고 들어왔다. 오늘은 가게가 쉬는 날이라 집 안에 계셨던 것이다.

"약속이 생겨서요."

"혹시 여자친구?"

"아니요."

"예전에 샀던 옷은 저쪽 장롱에 있어."

어머니가 직접 옷을 꺼내주었다. 유행을 타지 않는 제법 깔끔한 복장으로 입었다. 건우가 입으니 모델이 화면을 찢고 튀어나온 것 같았다.

"앉아봐."

어머니가 머리를 만져주기 시작했다.

"이런 것도 할 줄 아세요?"

"네 아빠가 노래 부를 때 내가 코디를 해줬었지. 그 양반 돈도 없어서 머리카락도 내가 잘라줬어. 너도 중학생 때까지는 내가 잘라줬잖니."

"이상한 스타일이긴 했지만요, 하하."

따듯한 분위기 속에서 대화가 오갔다.

그러고 보니 어머니와 많은 이야기를 나눈 적이 없었다. 전생에도 그랬고 현생에도 그랬다. 항상 바쁘셨으니 말이다. 지금의 시간이 무척이나 소중하게 느껴졌다.

머리 손질이 끝나자 건우의 인상이 확 달라졌다. 아무렇게나 하고 다닐 때는 거친 느낌이 흘렀는데 지금은 대단히 깔끔하고 도시적인 분위기가 흘렀다.

거울을 보니 꽤 괜찮아 보였다. 내공도 든든하게 자리 잡고 있어 자신감도 생겼다.

약속 시간에 맞춰 밖으로 나왔다. 집이 있는 허름한 거리가 그렇게 나쁘게 느껴지지 않았다. 좀 더 걸어 지하철을 타기 위해 역 앞으로 갔다.

오랜만에 가보는 서울이었다.

거리를 걸으며 번화가를 지나쳐 지하철역으로 갔다. 건우는 걸으면 걸을수록 시선이 집중되는 것을 느꼈다. 수근대는 소리도 들려 고개를 돌려보면 핸드폰으로 사진을 찍고 있는 이들도 있었다.

달빛 호수에 나온 것을 알아봤을지도 모른다는 생각이 들었다. 시선이 몰리는 건 늘 있던 일이었는데, 이번엔 조금 더 정도가 심하기는 했다.

다행히 다가오는 자들은 없었다. 건우에게서 자연스럽게 뿜어져 나오는 기세 덕분이었다.

역 앞에 도착하니 광장이 보였다. 가지각색의 사람들이 가득했다. 그들이 지닌 감정이 느껴지는 것 같았다. 옥선체화신공을 운용하고 있으면 아주 옅지만 특유의 색깔을 지닌 것처럼 느껴졌다.

반년의 내공을 지니면서 성취가 올랐기 때문에 생긴 변화였다. 그러나 아주 옅어 집중을 하지 않으면 아예 느끼지 못할 정도였다.

건우는 지하철을 타기 위해 역 안으로 들어오다가 잠시 걸음을 멈추었다.

구걸하고 있는 거지가 눈에 보였다. 머리는 산발이었고 옷은 무척이나 더러웠다. 소주 몇 병이 주변에 널브러져 있었고 거지는 추위에 덜덜 떨며 웅크리고 있었다.

건우가 멈춘 이유는 거지가 불쌍해서가 아니었다. 그의 얼굴이 낯익었기 때문이다.

'남호군.'

무림공적 호색간마(好色奸魔) 남호군.

중소방파 출신으로 일류에 달하는 무공을 지녔지만 수많은
여자를 탐하고 간살(奸殺)한 인물이었다. 기억이 흐릿하지만
건우가 직접 죽인 것이 확실했다.

현생에서 벌을 받고 있는 것일까? 그렇다면 자신도 죄가 없
지는 않을 것이다. 무로써 협을 행한 것에는 한 점 후회 없었
지만 그렇다고 살인이 정당화되는 것은 아니었으니 말이다.
건우는 지갑에서 지폐 한 장을 꺼내 남호군의 앞에 있는 통에
넣었다.

"가, 감사합니다."

"식사라도 하세요."

"네, 네. 저, 정말 고마워요."

건우의 눈빛에 남호군이 덜덜 떨다가 고개를 숙이며 기어
들어 가는 목소리로 말했다. 남호군은 몸도 불편해 보였다. 여
자를 홀렸던 얼굴은 심하게 망가져 비틀려 있었다.

건우는 작게 숨을 내쉬고 남호군을 지나쳐 전철에 올랐다.
마음이 복잡해졌다. 전생의 인연이 자신을 중심으로 펼쳐져
있는 것 같은 기분이 들었다.

모든 일에는 반드시 이유가 있다. 그가 전생의 기억을 찾은
것에도 분명 이유가 있을 것이다. 전철 안에서도 시선이 모였

지만 건우는 복잡한 생각에 거기까지 신경 쓸 수 없었다.

'지금은… 할 수 있는 일을 하자.'

그렇게 생각하며 정신을 차리자 어느덧 약속한 장소 근방의 역에 도착했다. 한류의 열기를 탄 많은 외국인이 방문하는 곳이었다. 근처에 YS엔터테인먼트가 있었다. 건우도 와봤던 곳이었기에 지리는 잘 알고 있었다.

"오, 대박. 그, 그 자객 아냐?"

"실물 봐. 쩔어."

"자객? 뭔데?"

"허……."

아무래도 젊은 사람들이 많은 곳이기 때문인지 건우를 알아보는 이들도 많았다. 모르는 이들도 건우의 모습을 보고는 호들갑을 떨어댔다.

'내가 뭐… 연예인도 아닌데.'

유명해지는 건 기분 좋은 일이기는 했지만 또한 생소한 기분이었다. 건우는 자신이 외형적으로 잘생긴 건 알고 있었지만 그렇게 큰 영향을 끼치리라고는 생각하지 못하고 있었다. 거기엔 과거의 가치관 때문에 그런 분야에 둔감해진 것이 한몫했다.

건우는 빠르게 걸어 약속 장소에 들어갔다.

나름 고급 술집이기는 하지만 건우의 또래들도 많이 가는 곳이었다. 방 형식으로 칸막이가 쳐져 있는 곳이었는데, 그곳에 들어가니 이미 석준이 와 있었다. 핸드폰으로 딸아이의 사진을 보는지 흐뭇하게 웃고 있었다.

건우의 인기척에 그가 고개를 들더니 자리에서 일어났다. 건우가 먼저 웃으며 인사했다.

"안녕하세요?"

"반갑네요. 하하, 자리에 앉으시죠."

"무슨 좋은 일이라도 있나요?"

건우가 묻자 석준이 핸드폰을 보여주었다. '아빠, 사랑해요.' 라고 적힌 스케치북을 들고 있는 석준의 딸이 있었다. 건우도 절로 미소가 나왔다.

"더 예뻐졌네요."

"그렇죠?"

건우와 석준은 자리에 앉았다. 술집 선택부터 나름 건우의 취향을 맞추려고 노력한 것 같았다. 석준은 건우를 바라보며 감탄했다.

"병원에서 봤을 때는 몰랐는데 역시 배우는 배우시네요. 거참, 엄청 잘생겼네요. 어우, 장난 아니야. 내가 왜 몰라봤을까. 나도 다됐구만."

"네? 저요? 배우는 무슨……."

"아! 먹으면서 이야기하죠!"

건우는 고개를 끄덕이고 석준에게 먼저 술을 따라주었다. 술은 일반 소주였다.

"대표님도 소주를 드실 줄 아시나요?"

"하하! 그거 편견입니다. 배고프던 시절에 엄청 먹었죠. 모르셨나요? 저 기타리스트 출신입니다."

"아, 맞다."

안주가 깔리고 본격적으로 술을 마시기 시작했다. 건우는 옛 생각이 나 기분이 좋아졌다. 복잡했던 생각이 모두 날아가 버렸다.

그것은 석준도 마찬가지였는지 처음에는 꽤 예의를 지켰지만 시간이 흐르자 자연스레 편히 대하기 시작했다. 석준은 기이함을 느꼈다. 만난 시간은 아주 짧았지만 마치 오랫동안 알고 지낸 사이 같았다. 단순히 딸을 구해줘서 생긴 호감이 아니었다.

"크으! 좋구만."

"거, 취하시면 안 데려다 드립니다."

"걱정 마! 사옥이 요 앞이다. 그냥 회사에서 자지, 뭐. 하하하."

분위기가 달아올랐다. 건우의 눈에 객잔에서 술을 나누었던 광경과 지금의 광경이 겹쳐 보였다. 검과 도는 없었지만 그때의 분위기가 났다. 마침 고전적인 느낌의 달빛 호수의 OST

가 들려와 더욱 그랬다.

"대표님, 한잔 더 받으시죠."

"아, 그냥 편하게 형이라 불러. 나이 차이도 별로 안 나는데."

"십오 년도 넘게 차이 나는데요."

"형님 말씀하시는 데 토 달지 마라."

건우는 부드럽게 고개를 끄덕였다. 전생에는 그가 형이었다. 그러나 현생에는 의제를 형으로 부르게 되었다. 묘하다면 묘한 인연이었다. 하지만 기분이 전혀 나쁘지 않고 오히려 기뻤다.

"내가 말이야… 꿈을 꿨는데, 거기에 네가 나왔단 말이지."

"뭔 꿈이요?"

"막 날라 다니고 장난 아니었어. 크, 요즘엔 무협지 그런 게 땡기더라. 음, 그때도 너랑 술을 먹었던 것 같기도 하고."

"그거 개꿈이네요."

건우의 말에 석준이 피식 웃었다.

'꿈이라……'

석준에게도 전생의 기억이 떠오른 것일까? 만약 그것이 꿈으로나마 보였다면 다시는 꾸지 않았으면 했다. 건우는 조금은 씁쓸한 웃음을 지으며 입을 떼었다.

"뭐, 전생에 인연이 있나 보죠."

"하하하! 나는 그런 거 안 믿어."

건우도 따라 웃고는 고개를 끄덕였다.

석준이 달빛 호수 OST를 듣다가 생각이 났는지 건우를 바라보며 입을 뗐다.

"너 이제 데뷔한 거 맞지? 소속사 어디야? UM은 아니지? 아, 진짜 아깝다. 넌 진짜 아무거나 해도 성공한다."

"데뷔는 무슨. 그냥 보조 출연인데요."

"응? 뭐?"

석준이 눈을 깜빡였다. 건우가 지금까지 있었던 일을 석준에게 말해주니 그는 황당한 표정이 되었다. 술이 아주 확 깬 듯한 모습이었다.

그럴 수밖에 없었다.

건우가 달빛 호수에 나오는 것은 건우에게 연락을 하고 난 후에 알게 되었다.

실시간 검색어를 장악하고 있어 뭔가 해서 봤더니 그에게 꽤 익숙한 인물이 화제가 되고 있지 않은가.

그 장면을 봤을 때 그 역시 압도당했다. 드라마의 연기로 그런 감각을 느껴보는 것은 처음이었다. 마치 그 현장에 있는 것 같은 착각이 일어났고 정신을 차려보니 주먹을 꽉 쥐고 있었다. 처음에는 못 알아봤지만 얼굴을 자세히 보니 건우인 것을 알아차렸다. 왜인지 그가 맞다고 확신했다. 그것 역시 기이한 경험이었다.

실제로 건우와 만나서 그의 모습을 보니 확실히 그가 맞았다. 마치 대배우처럼 건우에게서 뿜어져 나오는 아우라는 이 업계에서 수많은 배우와 가수들을 본 그조차 잠시 멍해질 정도였으니 말이다.

그나마 기획사 대표답게 포커페이스를 유지할 수 있었던 것이 다행이었다.

탐났다.

탐나는 이유가 그의 외형적인, 그리고 가진 능력 때문만은 아니었다. 인성으로도 우직한 친구라는 것을 단번에 알 수 있었다. 그가 이 업계에 몸담으며 형 동생으로 지내는 이는 최운식이 전부였다. 한데 만난 지 얼마 되지 않아 건우를 동생 삼았으니 그가 생각해도 기이했다. 마치 그날의 만남, 그리고 그것의 연장선인 오늘의 만남이 운명처럼 느껴지기까지 했다.

"하, 하하하. 그랬구나, 그랬어."

건우는 갑자기 멍했다가 웃기 시작하는 석준을 걱정스러운 눈으로 바라보았다. 전생에서도 그와 술을 마실 때면 먼저 취하는 것은 늘 석준이었다.

석준은 물을 벌컥벌컥 마셨다.

"그럼 출연 계획은 없는 거야?"

"딱히요. 그냥 알바였을 뿐이고 관심이 있기는 하지만 관심

있다고 되는 게 아니잖아요. 오늘 빼고 알바 계획이 쫙 잡혀 있기도 하고, 거기서 주는 일당보다 더 높은 곳도 많고… 그리고 연기가 자신 없기도 하고요."

이미 공사장이나 다른 작업 현장의 에이스로 등극한 건우였다. 시급도 아침부터 저녁까지 밤을 지새워야 하는 보조 출연 알바보다 확실히 더 높았다. 집이랑 가깝기도 하고 말이다.

연기에도 물론 관심이 있었다. 그러나 그것이 주 종목은 아니었다. 무공 이외에 가장 잘할 수 있는 것을 꼽으라면 역시 노래였다.

석준은 건우의 말에 눈을 깜빡이다가 입을 뗴었다.

"너 취했냐?"

"네?"

"지금 엄청난 관심이 쏠려 있다고. 봐봐."

석준이 태블릿 PC를 꺼내더니 포털 사이트 창을 열어 보여 주었다. 실시간 검색어상에서 좀 떨어지기는 했지만 아직도 순위권에 들어 있었다. 오히려 촬영 스태프나 배우들의 SNS가 화제가 되고 있었는데, 김진희가 건우의 움짤을 올린 것으로 꽤 시끌벅적했다.

"전화 온 데 없었어?"

"아, 오긴 했는데 배터리가 고물이라… 알뜰폰이라 데이터도 없어서 밖에 나와서는 거의 안 만져요."

"그으래? 흐흐."

석준은 씨익 웃었다.

"너 우리 회사 와라."

"네? YS요?"

"소속사 없잖아. 딱 까놓고 솔직히 말하면 엄청 욕심난다. 오늘부터 형 동생으로 지내기로 했지만 그런 것을 떠나, 기획사를 운영하는 입장에서 굉장히 탐나."

"에이~"

건우는 피식 웃으며 술을 따라주고 자신의 잔을 단숨에 비웠다. 건우는 석준에게 더 이상 빚을 지기 싫었다. 자신의 사정 때문에 이런 제안을 해주는 것이라면 거절하는 것이 맞았다. 게다가 이쪽 일을 하더라도 어떠한 요행 없이 정면으로 돌파하고 싶었다.

그는 그렇게 걸어왔고 앞으로도 그럴 것이다.

"그 일로 그러시는 거라면 괜찮아요. 이미 충분히 도움을 받았으니까요."

"아니라니까. 아오, 답답아. 나는 사업가야. 이런 말하면 쓰레기로 보일지는 몰라도 사람의 가치를 볼 줄 알아. 넌 나에게 엄청난 이익을 가져다 줄 원석이야."

석준에게 이득이 된다면 건우도 승낙할 마음이 있었다.

"음, 정 그렇다면 지금 오디션을 보자."

"오디션?"

"그래, 뭐, 술도 마셨겠다. 시간도 남잖아. 직접 YS 대표에게 오디션 볼 기회는 드물다고."

일단 오디션이라고는 했지만 어차피 석준은 건우를 그냥 놔줄 생각이 없었다. 혹여 딴 기획사라도 간다면 배가 아파 죽어버릴지도 몰랐다. 해서 건우의 성격이 올곧은 성격임을 알고 먼저 제의해 본 것도 있고, 능력 역시 확인해 보려는 마음 또한 있었다.

대우는 YS에서 신인에게 해줄 수 있는 최고 대우를 해줄 생각이었다. 누구도 아닌 YS의 대표가 친히 캐스팅한 인재가 그런 대우를 받지 못한다면 오히려 그의 자존심이 상하는 것이었다.

소속사에 속한 가수들이 대거 탈주해서 휘청거리기는 하지만 절대 현실과 타협하지 않았던 것이 바로 YS의 이석준이었다.

현재는 법적인 공방이 남아 있어 사실상 중심이 되는 아이돌 그룹과 몇몇 메인 배우 이외에는 휴식기였다.

그래도 YS는 YS였다. 3대 기획사라는 말이 괜히 나온 것이 아니었다.

"아, 이거 긴장되는데요. 전혀 준비 안 하고 와서……."

"흐흐, 긴장해야지, 그럼. 너도 알지? 나 오디션 프로 심사 위원도 했었다고."

"아, 슈퍼 케이팝이요? 시즌 1 보다 말았는데."

그렇게 말한 건우는 피식 웃고는 석준을 바라보았다. 석준은 사뭇 진지해졌다. 술이 조금 취해 있음에도 눈빛은 풀어지지 않았다.

석준은 물 한 컵을 마시고는 헛기침을 했다. 그리고 수첩을 꺼내고는 볼펜을 만지작거렸다. TV에서 보았던 심사 위원 같은 분위기가 났다.

건우는 그 모습이 웃겼지만 속으로 웃음을 삼키고는 그를 바라보았다.

"제1회 술먹 오디션 시작합니다. 흐음, 그럼, 이건우 씨. 연기가 특기라고 하셨는데 맞나요?"

"아닙니다."

"그럼 연기 이외에 잘하는 것이 있습니까?"

"잘한다고 하기에는 부족하지만……."

사람이 좋아 보여도 이석준은 YS 대표였다. 가만히 바라보는 것만으로도 압박감이 느껴졌다. 보통 연습생이나 신인이라면 석준 앞에서 주눅이 들어 제대로 자신의 능력을 펼쳐 보일 수 없을 것이다.

이제 건우의 표정도 진지해졌다. 모조리 낙방했지만 오디션 경험은 많았다. 현실을 알게 되면서 자신감이 떨어져 주눅이 들어 제대로 말을 못한 것이 대부분이었다. 그러나 지금 건우의 말투는 겸손했지만 자신감이 있었다.

무인으로서 수많은 사선을 넘어온 그였다. 이 정도 압박감과 긴장감은 아무것도 아니었다. 오히려 건우에게 압박을 느끼는 것은 석준이었다.

무림에서 대화는 기세 싸움이었다. 자신이 가진 능력을 내보일 때 결코 약해 보이면 안 된다.

"노래를 좀 했습니다."

"노래요? 오호! 연기뿐만 아니라 노래까지……."

연기는 건우 자신이 생각하기에도 많이 부족하지만 굳이 약한 모습을 보일 필요는 없었다.

석준의 눈이 반짝반짝 빛났다. 마치 최고의 보물을 바라보는 것처럼 건우를 바라보았다. 건우는 그 시선에 민망함을 느꼈지만 티를 내지는 않았다.

"공연 경험이 있습니까?"

"밴드는 아니고 혼자 활동을 했습니다. 경험이라고는 버스킹 정도가 전부네요. 처음에는 록을 했습니다만… 발라드도 좋아합니다."

"알겠습니다. 그럼 준비된 곡을 들려주세요. 음, 반주 없이 목소리만 듣고 싶습니다."

술집에서 반주가 나올 리 없지만 석준은 아주 자연스럽게 그렇게 말하며 넘어갔다.

좋은 기회였다. 자신이 어느 수준인지 정확히 알 수 있을 것이다.

마이크가 없으니 대신 소주병을 들었다. 술집 안에는 이미 잔잔한 음악이 흘러나오고 있었고 자리는 가득 차 시끄러웠다. 이곳에서 노래 한 곡 정도 한다고 해도 누구도 신경 쓰지 않으리라. 건우는 그렇게 생각했다.

곧 그는 옥선체화신공을 운용했다. 그의 내력이 퍼져 나가며 주변의 감정을 공명시키기 시작했다. 술집에는 다양한 사람들이 있었다. 그들이 내뿜는 감정이 각각 다른 색채로 느껴졌다.

'술이라……'

술을 떠올려 보면 슬픈 일보다는 즐거운 일이 더 많았다. 스승님과 나누었던 술, 석준과 나누었던 술, 그리고 스쳐 가는 많은 인연과 나누었던 술은 늘 그의 마음을 따뜻하게 적셔주었다.

지금도 그러했다. 그가 소화하기에는 조금은 버거운 곡이 떠올랐다.

2000년대 초반에 나와 돌풍을 일으킨 '너와 한 잔'이었다. 남자라면 누구나 아는 노래였고 노래방에 가면 앞다투어 도

전하는 곡이었다. 그러나 보통은 결과가 좋지 않았다. 상당히 고음역을 요구하는 노래였기 때문이다. 더욱 문제인 것은 호흡의 분배였다. 원곡의 가수도 작곡가를 때려 버리고 싶었다고 우스갯소리로 말할 정도였다.

남자 키로는 높은 곡이라 중저음인 그에게는 버거운 곡이었다. 그러나 왜인지 전혀 힘들 것 같지 않았다. 옥선체화신공이 단순히 내공을 늘려주는 것이 아닌, 자신의 한계를 극복하게 해주고 있다는 것을 깨달았기 때문이다.

소주병을 쥔 모습은 어찌 보면 조금은 우스워 보일지도 몰랐다. 그러나 그를 중심으로 몰아쳐 흐르는 분위기는 전혀 그런 것을 느끼지 못하게 해주었다.

건우는 가슴속에서부터 느껴지는 그 감정을 담아 입을 떼었다.

"흐린 날의 기억이……."

건우의 목소리가 울려 퍼졌다. 내력을 머금은 목소리는 나지막하게 읊고 있음에도 무척이나 또렷하게 들렸다. 마치 아주 좋은 마이크와 스피커가 있는 것 같이 느껴졌다.

옥선체화신공은 그로 하여금 감정에 완전히 집중할 수 있게 만들어주었다. 그의 목소리를 더욱 진실되고, 인간이 가장 듣기 좋은 파장을 내도록 만들어주었다. 그것은 마치 영혼을 빼앗아 사람을 조종한다는 섭혼술에 필적할 만했다. 그러나 다른 점이 있다면 조종하는 것이 아니라 공감을 일으키며, 모두 건우와 같은 감정을 가질 수 있게 공명시킨다는 점이었다.

내력이 늘어난 탓일까?

옥선체화신공의 효능이 고개를 들기 시작했다. 술집 안을 가득 채우고 있는 다채로운 감정이 느껴졌다. 가지각색의 색채를 띠고 있는 감정들은 건우를 따라 같은 색채로 공명하며 물들어갔다.

그것은 결코 건우에게도, 그리고 주변의 사람들에게도 나쁜 일이 아니었다. 역시 옥선체화신공은 정도의 공부를 담고 있었다. 건우와 공명하며 그들의 정신적인 스트레스 역시 사라지게 해주었다.

선녀 혹은 선인의 노랫소리가 있다면 이러할 것이다.

건우는 몸이 붕 떠 있는 것 같은 감각을 느꼈다. 감정의 파도 속에 푹 빠져 자신의 안에 있는 것을 모두 내보였다. 무인으로서의 날카로운 기세는 사라졌지만 마음을 따듯하게 안아주는 듯한 포근한 분위기가 흐르고 있었다.

마음에 걸렸던 고음은 문제가 아니었다. 음색의 변함없이, 마치 고음이 아닌 듯한 편안한 소리가 노래의 클라이맥스를 장식했다. 그것은 단순한 리듬의 흐름이 아니라 감정의 흐름이었다.

건우뿐만 아니라 듣는 모든 이가 공감하며 추억에 젖을 그런 소리였다.

'즐겁네.'

오랜만에 즐거운 기분이 들었다. 무공에 빠져서 밤낮을 잊고 검을 휘둘렀을 때처럼 즐거웠다. 그동안의 방황을 모두 잊은 것처럼 그렇게 빠져 불렀던 것 같았다.

"후우."

건우는 숨을 내쉬며 진기를 갈무리했다. 주변에서 스며들 듯 다가오는 기운이 그의 전신을 두드렸다. 옥선체화신공의 경지가 낮아 모두 흡수할 수 없는 것이 아쉬웠지만 그래도 몸과 마음을 충족하게 달래주었다.

'음? 꽤 많네.'

건우는 감았던 눈을 떴다. 멍하니 자신을 바라보고 있는 석준이 보였다. 눈가에 맺힌 눈물이 조금은 우스꽝스럽게 보였다. 포커페이스는 무너진 지 오래였다.

전생의 석준은 감정이 풍부한 사람이었다. 건우가 시조를 읊으면 종종 눈물을 보였고, 지인이 죽을 때면 마치 가족이 죽은 것처럼 울어댔다. 무인이 눈물을 보인다는 것은 수치였지만 석준은 그게 인간이라며 오히려 건우를 일깨워 주었다.

건우가 술병을 내려놓았다.

짝짝짝!

"와아아!"

"대박!"

"훌쩍……."

박수 소리와 느껴지는 인기척에 뒤를 돌아보았다. 어느새 칸막이가 치워진 채였고 사람들이 모두 일어나 있었다. 술집 스피커에서 흘러나왔던 노래는 멈춘 지 오래였다.

건우는 의외의 광경에 눈을 깜빡일 뿐이었다.

사람들의 환호 소리와 집중되는 관심은 건우가 잊고 있었던 두근거림을 다시 느끼게 해주었다.

*　　　　*　　　　*

석준은 기대감을 감출 수 없었다. 건우는 그저 존재하는 것만으로도 보물이었다. 대한민국 대표 아이돌 그룹을 만들어낸 그의 안목은 틀리지 않을 것이다. 아니, 틀릴 수 없었다. 누가 보더라도 저 청년은 정답이었다.

이미 연기력은 갖추고 있었다. 짧은 시간이기는 하지만 석준에게 충격을 선사했던 강렬한 장면은 아직도 그의 뇌리 속에 남아 있었다. 따로 스크랩해 저장해 놓고 있을 정도였다.

'노래를 한다고?'

그런 건우가 노래를 한다고 하니 석준의 마음은 두근거릴 수밖에 없었다. 연기를 말할 때와는 다르게 자신감 있는 눈빛을 보니 확실히 어느 정도 수준 이상일 것이라는 확신이 들었다.

석준은 들뜬 마음을 애써 가라앉히며 건우의 노래를 청해 보았다. 물론 오디션은 형식상이었다. 결과는 이미 합격이었다. 지금 건우를 놓친다면 분명 다른 기획사에서 건우에게 매달려 구애를 할 것이 분명했다.

'서브 보컬 정도의 실력만 되어도……!'

날카롭게 건우의 실력을 분석해서 트레이닝할 생각이었다. 하지만 노래 실력이 평범하다 해도 건우의 마스크는 그런 단점을 커버하고도 남았다.

오죽하면 보조 출연으로 잠깐 출연했는데 실시간 검색어 1위에 오를 정도이겠는가.

병원에 입원했을 때도 잘생겼다고 생각했지만 얼굴의 붓기가 빠진 건우는 어떠한 수식어로도 표현할 수 없을 정도로 완벽했다.

석준은 그답지 않게 심호흡까지 하며 건우를 바라보았다.

그리고 건우의 노래가 시작된 순간 석준은 더 이상 아무 생각도 할 수 없었다.

공연장에 와 있는 것 같이 자연스럽게 울리는 목소리는 석준의 마음을 단번에 빼앗아 버렸다.

밀려드는 감정은 분명 진짜였다. 저절로 추억이 떠오르며 그리움이 생기고 한편으로는 즐거운 기분이 되었다. 좋은 옛날 영화를 보았을 때의 감동이 압축되어 밀려오는 것 같았다.

실력을 평가하는 것을 잊어버렸다. 부족한 기교나 음정, 박자는 아무런 장애가 되지 않았다. 오히려 그러한 것들이 더 순수하게 다가오고 있었다.

어려웠던 시절에 즐겁게 술을 마시던 추억이 떠오르며 그의 눈가를 촉촉하게 만들었다. 어떤 감동적인 노래를 듣더라도 눈시울을 붉힌 적이 없던 석준이었다. 아마 그가 노래를 듣고 최초로 흘린 눈물일 것이다.

순식간에 시간이 흘러 노래가 끝났지만 한동안 석준은 여운에 빠져 있었다. 그러다가 박수 소리에 정신이 들었다.

'대박! 아니, 그 말로도 부족해!'

들어본 적이 없는 목소리.

감정 표현이라는 말이 모자랄 정도로 감정, 그 자체를 불어넣는 목소리였다. 건우의 외모가 엄청 못났다고 해도 단번에 캐스팅했을 것이다.

멋쩍은 듯 살짝 웃는 건우의 모습은 화보를 찢고 나온 것 같았다.

"오, 이 대표."

"형님?"

"그리고 건우도 오랜만이구만! 하하, 벌써 만난 건가?"

석준의 눈에 최운식이 보였다. 최운식은 석준의 소속사 소속 배우였다. 형 동생처럼 지내는 사이였고 그 둘의 사이는 꽤 유명했다. 승엽까지 알 정도니 말이다.

"벌써 만나다니요?"

"내가 계속 캐스팅하라고 매니저를 통해 연락했는데… 못 들었나?"

최운식의 뒤에는 YS 소속의 연습생들이 있었다. 그리고 한창 주가를 올리는 김진희도 있었다. 모두 몽롱한 표정이었다. 석준은 그들의 마음이 이해가 되었다.

그의 눈가도 아직 촉촉했으니 말이다.

건우는 뜻밖의 인물이 보이자 살짝 당황했다. 촬영 현장에서 만났던 최운식과 김진희가 자신의 앞에 서 있었기 때문이다.

'석준… 아니, 이제는 석준 형님이군. 아무튼 형님과 형 동생하는 사이라 했던가?'

막역한 사이 같아 보였다.

알고 보니 이곳은 최운식이 따로 하는 가게였다. 계약 만료 기간이 다가온 김진희에게 YS 사옥을 구경시켜 줄 겸해서 데려왔다가, 김진희와 친해지고픈 연습생들의 성화에 못 이겨 함께 가게로 데려온 것이다.

주변이 너무 시끄러워 가게 안쪽에 있는 예약석으로 옮기
자 주변의 시선이 그제야 사라졌다. 김진희가 건우의 맞은편
에 앉았는데, 건우와 눈이 마주치자 살짝 인사했다.

최운식은 환하게 웃으며 건우를 바라보았다.

"또 보니 반갑구만."

"그렇네요. 그런데 드라마 촬영 중 아니었습니까? 친구 말로
는 엄청 바쁠 거라고 하던데……."

"대본 때문에 말이 많아서 말이야. 오늘부터 삼 일간 철야
를 해야 하는데… 일정이 취소되었어. 휴일을 당겨 쓰는 느낌
이기는 하지만 뭐, 덕분에 한가하지."

최운식의 말에 건우는 고개를 끄덕였다. 역시 드라마 현장
은 변수가 많은 모양이었다. 건우가 대타를 하기 전에도 하룻
밤을 꼬박 새웠다고 했던 것이 떠올랐다. 김태유 PD가 철수
를 외치는 순간 들렸던 환호성은 그만한 가치가 있는 것이었
다.

최운식의 말에 석준도 고개를 끄덕였다.

"혹시 건우와 관련된 일입니까?"

"아마도 그럴걸? 이 대표도 알지 않은가. 지금 난리도 아니
니… 음, 이거 김 감독한테 알려줘야 하나. 건우랑 통화가 안
된다고 그러던 것 같던데."

"분명 그냥 그대로 가면 김이 확 빠지긴 하겠죠. 아! 맞다. 방금 건우의 오디션을 보고 있었는데요."

"이 대표, 감각이 죽었나? 무슨 오디션이야? 그냥 바로 데려와야지."

"덕분에 노래도 들었지 않습니까? 흐흐."

건우는 자신의 이야기가 나오자 고개를 갸웃했다. 석준과 최운식이 건우를 바라보았다. 김진희도 빤히 자신을 바라보는 것이 느껴지자 건우는 어색하게 웃었다.

석준은 진지한 표정으로 건우를 바라보았다.

"이건우 씨, YS에 합격하셨습니다."

"아……."

연예인을 지망하는 자라면 누구나 꿈꾸던 장면 중 하나였다. 하지만 막상 이렇게 합격했다는 말을 들으니 기분이 굉장히 묘했다. 현실감이 없었다.

"뭐… 다른 곳으로 간다고 해도 무리하게 잡지는 않겠지만 오늘은 무사히 돌아가지 못할 거야. 술로 나를 넘기 전에는 못 가!"

"하하, 감사합니다. 형님이 알아서 잘해주시겠죠?"

"음, 네가 날 못 믿는 것도 당연해. 그럼……."

"아니요. 믿습니다."

건우는 석준을 완전히 믿고 있었다. 그렇지는 않겠지만 설사 그가 자신을 속여서 자신이 손해를 본다고 해도 원망할 생각은 없었다.

전생에 석준이 건우를 따르고 믿었던 것처럼 건우도 그럴 것이다.

건우의 확신에 찬 말에 석준은 잠시 입을 뻥끗거리다가 자리에서 일어났다. 그러더니 건우의 옆으로 와 그를 안았다.

"으하하! 넌 내 꺼다!"

"으으! 징그럽게 왜 이래요?"

"뽀뽀해 줄까?"

"으윽!"

김진희가 놀란 모습으로 석준을 바라보고 있었다. 냉철한 심사평으로 유명한 YS의 이석준 대표가 저런 모습을 보일 줄은 전혀 예상하지 못했기 때문이다.

"음, 좋군! 그럼 축하주를 제대로 마셔야지! 하하, 이 대표가 내 동생이니 건우도 내 동생이 되겠군!"

"도원결의라도 할까요?"

최운식과 석준이 그렇게 말하더니 술잔을 가득 따랐다. 그걸 지켜보던 김진희도 은근슬쩍 술잔을 들고는 입을 떼었다.

"저도 껴주면 안 돼요?"

최운식과 석준이 그런 김진희를 보더니 크게 웃었다. 김진희가 간절한 표정으로 건우를 바라보자 건우는 씨익 웃었다.

"일단 마시고 오디션을 보죠. 아무나 받을 수 없으니까요."

"이야, 우리 막내가 참 제대로 배웠어."

"그럼요. 흐흐."

건우의 말에 김진희는 울상이 되었다가 술을 벌컥 들이켰다. 반드시 들어가겠다는 의지가 그녀의 눈빛에 감돌고 있었다.

*　　　　*　　　　*

건우는 오랜만에 밤늦게까지 술을 마셨다. 승엽과 마신 이후로 처음이었다. 김진희는 여배우 치고는 대단히 술이 셌는데, 석준과 비등할 정도였다.

좋은 인연을 만드는 데에는 술만 한 것이 없었다.

석준과 김진희는 처음 만났지만 건우 덕분인지 순식간에 친해졌다. 계약 기간이 만료되면 YS로 바로 오겠다고 말하기까지 했다.

요즘 핫한 김진희와 그 가치를 가히 짐작도 할 수 없는 건우를 얻게 되자 석준은 엄청나게 기분이 업되어 계속 호탕하게 웃었다. 셋을 집에 돌려보내고 나서야 건우는 집에 돌아올 수 있었다.

집에 돌아와 배터리가 다 나간 핸드폰을 충전시키니 문자가 온 것이 보였다. 부재중 통화가 많았는데 석준이 통화를 받지 말고 자신에게 맡기라는 말이 떠올라 연락하지는 않았다. 일단 정식 계약을 하고 난 다음, YS 측에서 달빛 호수 측과 연락을 하기로 했다.

건우는 극을 마무리하기 위해 단역 정도를 배정받을 것이라 생각했다. 그리고 이번 일에서 나온 수익은 건우가 모두 받기로 했다. 건우야 석준을 믿고 있으니 흔쾌히 그리하기로 했다.

돈과 관련된 일에서 사람을 믿는다는 건 분명 위험한 일이었다. 전생에서도 수많은 칼부림을 보았다. 정파든 사파든 얼마 안 되는 돈 때문에 싸우기를 반복했다. 건우는 그러한 탐욕을 뛰어넘는 것이 의(義)라고 믿었다. 현생의 석준은 분명 의협심을 지니고 있었다.

―진희: 너어ㅇ, 자아냬? 잘 들어갓냐고 안 물ㄹㄹ어보냥.

김진희의 문자가 와 있었다.

김진희는 건우보다 두 살 더 많았는데 처음의 차가운 인상과는 달리 꽤나 푼수 기가 있었다. 어찌 보면 누나보다는 동생 같았다.

후기지수들이 사저, 사매들을 챙겨주는 것을 보고 부러웠던 기억이 있었다. 운선도인의 무공은 일인전승이었기에 안타깝게도 그에게는 사매나 사저가 존재하지 않았다.

나이와 여러 경력을 따지고 보면 김진희는 건우에게 사저였지만 마치 사매처럼 느껴졌다.

　—진희: 나만 믿등ㅇㅇㅇㅇㅇ셈.

　—건우: ㅇㅋ. 주무셈.

전형적인 취중 문자였다. 건우가 가볍게 답장을 해주고 있는데, 어머니가 얼큰한 국을 가지고 건우의 방으로 들어왔다.

"아들, 누구랑 연락해?"

"여배우 김진희요. 알아요?"

어머니는 피식 웃었다. 요즘 얌전했는데 드디어 허세가 다시 돌아왔다고 생각했다.

"그래, 한번 데려와라. 사실 네 아빠가 RS그룹 회장이란다. 후계 다툼에 밀려 이곳에 숨어 있는 것이지."

"오, 대박. 그럼 RS그룹 찾아가면 되나요?"

"에휴, 그 양반 기일이 다가오니 별소릴 다 하네. 아무튼 국먹고 잠이나 자라. 설거지는 해놓고."

건우는 잠시 국을 바라보다가 피식 웃었다.

아무래도 철없던 자신의 이미지가 아직 지워지지 않은 모양이다.

*   *   *

건우는 정식으로 YS와 계약했다. 대우는 신인치고 상당히
파격적이었다. 건우를 생각해 계약 기간은 3년으로 정했고 대
략적인 수익 분배는 7 : 3이었다. 건우가 7이었는데, 이제 막
데뷔하는 신인치고는 대단히 파격적이었다.

다만, 계약 1년차에는 6 : 4 비율이었고, 2년 차 이후부터
7 : 3 비율이 되었다. 물론 계약금은 신인답게 형식상이었고,
후에 있을 앨범 판매 수익금이나 음원 같은 경우에는 그보
다 훨씬 적었지만 그래도 아주 좋은 조건이었다.

3년 이후에 다시 더 좋은 조건으로 재조정하자는 것이 석
준의 의견이었다. 신인치고는 아주 과분한 조건이었지만 석준
은 그렇게 생각하지 않았다. 건우는 결코 연습생 신분이 아니
었고 지금 내놓아도 확실히 성공할 천재였다. 왜인지 건우가
자신의 형제 같이 느껴져 마음에 들었다.

게다가 눈에 넣어도 아프지 않은 석준의 딸을 구해주기도
했으니 어찌 보면 당연한 것이었다. 당시 사고 차량은 무척이
나 크게 훼손되고 건우가 그 정도 상처만 입은 것은 기적이라
했다.

건우의 어머니는 그가 YS와 좋은 조건으로 계약한 것을 알자 하루 종일 싱글벙글이었다. 찾아오는 학생들에게 공짜로 음식을 내주기도 했다. 분식집은 그야말로 호황이었다. 어떻게 알았는지 건우를 찾아 가게로 온 사람들이 많았다. 때때로 말썽도 있었지만 건우의 어머니는 그마저도 즐거워했다.

아무튼, 달빛 호수 제작진 측과 YS가 협의를 했는지 건우는 생각보다 아주 빠르게 출연이 결정되었다. 건우가 생각했던 것보다 더 긴 4회 출연이었는데, 비중도 꽤 높다고 한다.

'이거… 잘할 수 있을까?'

너무나 갑작스러운 합류였다. 그렇다고 제작진 측에 오디션을 본 것도 아니었다. 듣는 바로는 고인숙 작가의 강력한 요청이 있었다고 하는데, 기대가 모아지니 부담스럽기 그지없었다.

'옥선체화신공이라면 내 부족한 부분을 커버할 수 있을 거야.'

감정의 공명.

그것이 건우의 필살기였다. 경지가 높아진다면 극 중의 인물과 감정으로 동조하여 완전히 가상의 인물로 변할 수 있을 것 같았다. 살수들이 전문으로 훈련받는 것과는 다른 방향이었다. 겉만 흉내 내는 것이 아닌, 그 감정을 자체적으로 해석

하여 구현하고 다른 이에게까지 공명시킬 수 있었다. 무림에서는 암살이나 위장으로밖에 쓰이지 않을 테지만 예술 분야에서는 분명 엄청난 힘을 발휘할 수 있을 것이다.

오히려 최고의 무공이라고 알려진 홍면신공이나 녹철강현공이 현대에서는 천대받을 것이다. 얼굴이 붉어지거나 온몸이 녹색으로 변하는 무공이니 말이다.

5. 비상

건우는 새벽부터 일어나 YS에서 보내온 차량에 올랐다.

촬영 일정이 너무 늦춰져 방영일까지 촉박하다고 해서 건우는 바로 촬영장에 가야만 했다.

임시 매니저가 건우를 맞이했는데 사람 좋아 보이는 사내였다.

"저번에 지나가며 한 번 뵈었지요?"

"반갑습니다. 이건우라고 합니다."

"한상진입니다. 대표님께서 잘 챙겨 드리지 않으면 잘라 버리겠다고 아우성이셨습니다. 하하. 오오, 장난 아니네요. 후광이 엄청납니다! 역시 꽃자객!"

그는 YS에서 꽤 오래 일한 베테랑 중 하나였다. 원래 다른 가수의 매니저였는데 마침 휴식기라 임시로 건우를 맡게 된 것이다.

그날 늦은 저녁에 계약하고 바로 다음 날 새벽부터 일을 해야 했는데 그냥 아무나 붙여줄 수는 없어 석준이 특별히 신경 써준 것이었다.

"아! 이런 빨리 가야 합니다. 대본은 받으셨죠?"

"네."

촬영 현장은 어지간히 급한 모양이었다. 지금도 상진의 핸드폰이 계속 울리고 있었다. 지금부터 밤새워 촬영해도 모자를 정도라고 하니 건우도 그런 분위기를 충분히 이해할 수 있었다.

"아, 예, 지금 갑니다! 두 시간이면 도착해요! 네, 네, 알았습니다. 네, 네네."

상진은 전화를 끊고 운전대를 잡았다. 상당히 큰 밴이었는데 건우 혼자만 타고 있어 조금 어색했다. 좌석에는 상진의 말대로 대본이 있었다. 급조된 티가 났지만 대본을 보니 드디어 자신이 배역을 받고 정식으로 출연한다는 것이 실감 났다.

'연예인이 꿈이기는 했지만……'

어떻게든 유명해지는 것.

관심을 독차지하는 것.

현생에서의 꿈이었다. 지금에 와서는 기가 찰 노릇이지만 어쨌든 그 첫발을 내디뎠다. 석준이 소속사의 대표였던 것이 컸다.

전생과 현생의 기묘한 인연은 계속해서 이어지고 있는 모양이다.

건우는 대본을 들었다. 자신감은 충분했다. 흘러넘치지 않을 정도로 가득 차 있었다.

건우는 대본을 차분하게 읽었다. 전생에서의 그의 기억력은 대단히 좋은 편이었다. 인외의 경지라 불리는 화경에 도달하면서 사물을 자기 방식으로 보고 기억할 수 있는 깨달음을 터득했다.

지금은 그 정도까지는 아니지만 내공을 얻고 의식을 확장하면서 기억력이 대단히 좋아진 것이 느껴졌다.

'진지하게 공부한다면… 꽤 좋은 성적이 나올 수도 있겠는데?'

학비 때문에 고개를 저었던 일이었다. 대학에 들어간다고 하더라도 등록금이 문제였다. 더 이상 어머니의 짐이 되기는 싫었다.

대학.

돈을 많이 번다면 생각해 볼 만한 일이긴 했다. 벼슬을 하는 학자들을 부러워한 적도 있었으니 말이다.

건우는 대본을 모조리 외웠다. 단역이라 생각했지만 생각보다 대사가 많았다. 그의 역할은 자객단을 이끄는 자객단주였다.

대사의 흐름을 보니 고려 최고의 자객이라는 설정이었다. 송나라와도 연이 있어 은연중에 활약하고 있다는 것이었는데, 조금은 유치하지만 일점필살(一點必殺), 고금제일살검(古今第一殺劍)이라는 별호가 있었다.

앞으로의 진행 상황은 알 수 없지만 자객으로서의 역할만 하면 되는 일이었다.

그 부분은 다행히 자신이 있었다. 전생에서 피비린내 나는 혈전을 치른 그였기에 이 세상 누구보다도 자신이 있는 분야였다.

경험이 연기를 만든다는 말이 떠오른 건우였다.

'살수로서의 감정, 그것을 가득 채울 수 있다면……'

옥선체화신공이 그것을 가능하게 해줄 것이다. 건우는 눈을 감고 과거의 기억에 집중했다. 피가 뿌려지는 광경과 지독한 혈향, 어둠 속에서 느껴지는 기척들, 바닥에서 솟구치는 암기와 칼날들.

그들이 가지고 있던 감정이 떠올랐다.

건우의 분위기가 바뀌었다. 냉막한 표정에 날카로운 표정은 살벌, 그 자체였다. 바늘로 찔러도 피 한 방울 안 나올 것 같은 느낌을 주었다. 건우에게 말을 걸려던 한상진이 침을 꿀꺽 삼키며 애써 운전에 집중할 정도였다.

고인숙 작가는 건우의 연기를 직접 봤기에 대사 역시 그럴듯하게 잘 짜주었다. 살벌한 대사를 읊는 건우가 자객, 그 자체로 느껴질 정도였다.

건우와 친해지려던 한상진이 겁을 먹고는 연신 침을 꿀꺽 삼켰다. 살기라도 내뿜었으면 교통사고가 났을지도 모르는 일이었다.

건우는 내력을 가다듬으며 숨을 내쉬었다. 끌어 올렸던 옥선체화신공의 묘리가 가라앉자 다시 본래의 감정으로 돌아왔다.

"크, 크흠, 다, 다 왔습니다."

"감사합니다."

건우는 상진에게 편하게 대하라고 했지만 상진은 손사래를 치며 거절했다.

건우는 그런 프로페셔널한 모습이 대단히 마음에 들었다. 그가 임시 매니저인 것이 안타까웠다.

촬영 현장은 야외에 만들어놓은 세트였다. 얼마 전에 완공된 곳이었는데, 건우는 이런 곳이 있다는 것을 처음 알게 되었다. 야외 세트 자체는 협소한 편이었지만 건우가 신경 쓸 일은 아니었다.

촬영장에 도착하니 바쁘게 오가는 스태프가 보였다. 이리저리 고성이 오갔고 다들 대단히 심각한 표정이었다. 건우가 다가가니 전에 본 적이 있던 김태유 PD가 자리에서 일어나 건우를 맞이했다.

피로가 가득한 얼굴이었다.

"잘 왔어요."

"이번에 합류하게 된 이건우입니다."

"건우 씨, 시간이 없으니 간단히 소개시켜 줄게요."

그러지 않아도 되지만 김태유 PD는 직접 무술 감독, 조감독을 비롯한 주요 직책의 스태프들을 소개해 주었다. 건우는 그들에게 최대한 예의를 갖춰 인사했다. 건우에게서 풍겨져 나오는 내력은 텁텁한 현장의 분위기를 중화시켜 줘서 모두 건우에게 좋은 인상을 받았다.

배우들에게까지 인사를 하자 누군가 다가와 건우의 옆구리를 쳤다.

김진희였다.

"드디어 왔네."

"아… 응."

"으으, 피곤해 죽겠어."

건우는 그녀의 투정에 피식 웃었다. 건우의 웃음을 빤히 바라보던 김진희는 갑자기 헛기침을 하고는 고개를 돌렸다.

"조용! 왜 이렇게 시끄러워!"

"야! 막내들! 마을 가서 스피커 좀 꺼달라고 해!"

"말똥 좀 치워!"

건우와 진희에게 말한 것은 아니었지만 날카로운 분위기에 건우는 빠르게 움직였다.

건우는 차량으로 가서 분장을 받았다. 저번에 했던 자객 분장보다 좀 더 세분화되고 화려해졌다. 검은색 일변의 무복인 것은 변함없었지만 조금은 화려한 문양이 새겨져 있어 자객과는 조금 어울리지 않았다. 가발을 쓰고 눈 화장을 받으니 인상이 확 달라졌다.

'자객이라기보다는… 마교의 검수 같은 분위기인데.'

분장팀원들이 침을 꿀꺽 삼키며 건우를 바라보았다. 손이 덜덜 떨려 조금 실수가 있어서인지 시간이 더 걸렸다. 분장이 끝난 건우는 제법 그럴듯한 가검을 받았다. 실수는 보통 이런 검을 쓰지 않았다. 하지만 그런 고증 같은 것은 아무런 소용이 없을 것이다.

모든 분장을 끝낸 건우가 나타나자 잠시 시끄러웠던 촬영 현장에 침묵이 내려앉았다.

건우가 가장 먼저 촬영한 것은 액션 연기였다. 액션 장면은 연출부터 편집까지 전적으로 무술 감독 정문운이 맡고 있었다.

정문운은 중간에 합류한 건우를 좋게 보지 않는 시선이었지만 건우를 마주한 순간 그런 감정이 모두 사라졌다. 건우에게서 무언가 강렬한 느낌을 받았기 때문이다.

"무술 경험이 있다고 했던가? 아무튼, 일단 합은 다 짜놨으니까 따라 할 수 있는 부분까지만 보자. 시간이 없어서 조금 거칠게 갈 수 있으니까 이해해 줘."

건우의 대역 역시 미리 준비되어 있었다. 가장 신경 써서 만들고 있는 신이다 보니 분위기는 살벌했다. 다른 사극과의 차별 요소가 액션임이 강조되고 있었다.

촬영 시간이 촉박한 것도 액션 장면이 한몫했다. 본래라면 사전에 철저하게 준비를 했겠지만 안타깝게도 건우는 중간에 합류한 상태였다.

제작사의 요구, 시간의 압박 때문에 배우에게는 조금은 힘든 강행군을 해야만 했다.

건우의 대역과 다른 액션 배우들이 각자의 포지션에 서더니 정문운의 지시에 따라 연기를 펼치기 시작했다. 정문운 무술 감독은 건우가 찍을 부분을 알려주었고 취해야 하는 연기에 대해 직접 자세히 알려주었다.

'화려함에만 치중한 조잡한 느낌이기는 한데⋯⋯.'

건우는 액션의 합을 보고 그런 느낌을 받았다. 그들이 원하는 바를 보여줄 수 있을 것 같았다.

비록 예전의 경지보다 훨씬 낮지만 검으로 중원을 호령했던 그에게는 쉬운 일이었다.

건우가 대역이 했던 자리로 가 자세를 잡았다. 그리고 옥선체화신공을 끌어 올리며 자객을 연기하기 시작했다. 기세가 순식간에 달라지자 정문운 무술 감독은 그답지 않게 뒤로 주춤 물러났다.

"감독님, 죄송한데 한번 연습해 봐도 되겠습니까?"

"으, 웅? 그래, 할 수 있는 부분까지만 보자. 너무 부담 갖지 말고. 일단 동선만 보면 되니까… 얼굴 나오는 부분만 신경 쓰면 돼."

정문운은 우락부락한, 조금은 다가가기 힘든 인상이었지만 말투는 부드러웠다. 정문운이 지시하자 액션 배우들이 각자 위치에 섰다.

'자객인데 화려한 검이라… 재미있네.'

가검이기는 하지만 제법 그럴듯한 검을 잡으니 살짝 흥이 오르는 느낌이었다. 건우는 그런 감정을 지우고 떠올려 두었던 자객을 연기하기 시작했다. 방금 전 보여주었던 액션들은 모두 기억하고 있었다. 그에 맞춰 적절한 초식을 펼치면 될 것이다.

휘익!

건우의 검이 뽑혀져 나왔다. 순간 건우의 주변에 감돌기 시작한 살기가 액션 배우들의 몸을 굳게 만들었다. 건우는 그들의 사정을 봐주지 않고 검을 휘둘렀다.

화려한 보법을 밟으며 액션 배우들의 근방을 훑고 지나갔다.

맞춰지는 합은 없지만 액션 배우들의 몸이 절로 반응해 뒤로 피하거나 옆으로 몸을 날렸다. 마치 자신을 진짜 죽일 것처럼 느껴졌기 때문이다.

살벌한 기세는 죽지 않았다. 기왕 검을 뽑았으니 그가 생각하기에 부족했던 부분을 채워 넣어볼 생각이었다.

타앗!

건우의 몸이 살짝 뜨더니 그대로 회전했다. 끌어 올려진 진기는 더욱 화려한 몸놀림을 가능하게 해주었다. 바닥에 착지한 후 매끄럽게 검을 검집에 넣었다. 그 모습은 한 편의 영화를 보는 것 같이 아름다웠다.

"후우."

건우는 살짝 인상을 썼다. 냉철한 자객을 연기해야 했지만 흥이 돌아 조금 오버해 버렸다. 역시 연기는 어려웠고 민폐를 끼치지나 않을까 하는 것이 걱정되었다.

"죄송합니다. 중간에 조금 실수했네요."

건우는 죄송한 마음이 되어 정문운을 바라보았다. 정문운은 멍하니 건우를 바라보고 있었다. 그건 다른 액션 배우들도 마찬가지였다.

건우의 살기에 바닥으로 몸을 날렸던 액션 배우들의 손은 덜덜 떨리고 있었다.

정문운은 자신이 본 것이 꿈인지 현실인지 분간할 수가 없었다. 20년 넘게 무술 감독을 해오면서도 수행을 멈추지 않아 검도를 비롯한 각종 무술을 섭렵했지만 저토록 살벌하면서도 화려한 검술은 본 적이 없었다.

'진짜다!'

그것은 연기가 아니라 날 것, 진짜였다. 정문운은 침을 꿀꺽 삼켰다.

김진희와 이야기를 할 기회가 있어 그녀에게 건우가 어느 정도 무술을 한다고 들었지만 진짜 무도가인 줄은 몰랐다. 그냥 겉멋에 흉내만 내는 정도로 알았는데 그는 진짜 검사였다. 오히려 다른 액션 배우들이 건우를 따라갈 수 있을지 걱정해야 할 정도였다.

그가 본 건우의 몸놀림은 자신이 짠 장면과 정확하게 부합했다. 아니, 그것에서 한 차원 높은 경지로 진화시켰다.

정문운은 흥분을 감출 수 없었다.

"오, 오! 네 이름이 이건우라 했지? 어디에서 검을 배웠어?

와, 이건 진짜… 너 대박이다."

"어렸을 때 조금 배웠어요."

"애들아! 진짜 고금제일살검이다! 봤냐? 쫄지 말고 일어나!"

정문운은 주춤거리고 있는 액션 배우들에게 그렇게 소리쳤다. 그의 얼굴은 대단히 밝아 보였다. 어떠한 확신에 찬 표정이었다.

"좋아. 건우, 다시 한번 가보자. 이번에는 합을 좀 생각해서 맞춰보자."

"네, 알겠습니다."

"자! 다 모여!"

연기의 초점은 건우에게 맞춰졌다. 정문운의 지도까지 더해지니 드라마를 뛰어넘는, 영화 수준의 액션이 탄생했다. 아니, 그런 말로도 부족할 것이다.

건우는 어쨌든 연기 방면에 있어서는 초심자였기에 정문운의 지시를 무조건석으로 따랐다.

하나를 가르쳐 주면 열을 아는 건우가 무척이나 마음에 든 정문운은 아예 건우의 옆에 붙어 이것저것 요청하기까지 이르렀다.

"레디, 액션!"

정문운의 사인이 떨어지자 건우의 몸이 움직였다. 진짜 검술의 색채를 잃기는 했지만 정문운 무술 감독식의 화려함에 치중한 액션이 빛을 발했다.

건우가 순식간에 검을 뽑아 정면의 병사를 베었다. 진짜 베인 것 같은 느낌에 몸을 날리는 액션 배우의 몸놀림은 리얼, 그 자체였다.

양옆에서 휘둘러지는 검을 쳐내고 순식간에 몸을 회전시키며 달려드는 병사의 목을 그었다.

장면, 장면을 나눠서 땄지만 호흡은 끊이지 않고 무척이나 유연하게 이어졌다.

건우는 몸을 회전하며 점프해 병사들의 무리 속으로 뛰어들어 화려한 칼부림을 시작했다.

"크아악!"

"컥!"

병사 역의 액션 배우들이 내지르는 비명이 마치 실제처럼 보였다. 건우는 검을 들고 덜덜 떨고 있는 마지막 남은 병사를 바라보았다.

병사의 손이 덜덜 떨리고 있었다. 자객 연기에 심취한 건우가 내비친 살기에 몸이 절로 떨리고 있는 것이다. 건우가 병사를 두 번 베는 것으로 마무리하고 검을 넣자 병사의 몸이 앞으로 고꾸라졌다.

"컷! 좋아! 오케이! 나이스!"

마지막 장면이 한 번에 끝나자 정문운은 박수까지 쳤다.

여러 번 NG가 있었지만 이는 건우의 실수가 아니라 액션 배우들이 건우의 살기에 굳어버렸기 때문이었다. 그때 정문운은 불같이 화를 냈는데, 건우가 기세 조절을 하기 시작하자 순조롭게 촬영이 진행될 수 있었다.

건우도 연기라는 것에 조금씩 익숙해지고 있었다. 다른 사람이 되어보는 감각은 색다른 재미를 선사해 주었다. 촬영에 대한 두려움과 압박감도 상당할 테지만 건우에게는 아무렇지 않은 것들이었다.

생각보다 아주 빠르게 건우의 첫 신 촬영이 끝났다. 정문운은 거의 구애에 가까운 눈빛으로 건우를 바라보고 있었다.

"보조 출연자들은 준비되었어? 시체1, 시체2 대기해!"

"조명팀, 장비 옮길게요!"

축 처졌던 촬영 현장에 활력이 돋기 시작했다. 건우는 촬영 현장이 여전히 신기해 호기심 가득한 눈으로 주위를 둘러볼 뿐이었다.

*　　　*　　　*

촬영은 쉴 틈 없이 빡빡하게 굴러갔다. 건우가 오고 이틀 동안 휴식은 주어지지 않았다.

방영일까지 얼마 남지 않은 시점에서 후반 작업인 편집과 음악, 효과 음향 녹음, 타이틀 제작 작업까지 하려면 어쩔 수 없는 일이었다. 안전사고가 발생하지 않은 것이 신기한 일이었다.

이번 화에 대한 기대와 주목이 큰 만큼 제작진들은 모두 큰 부담을 가지고 촬영에 임하고 있었다.

그 안에서 건우는 대단히 모범적이었다. 피곤한 기색이 전혀 없었고, 의욕적으로 돌아다녔으며 찍는 장면마다 기대 이상의 결과물을 보여주었다.

오히려 촬영 감독이 연출을 좀 더 바꿔보자고 김태유 PD와 조율을 할 정도였다.

그가 은연중에 뿜어내고 있는 내력 덕분에 신인이기는 하지만 그를 아래로 보는 이들은 없었고, 건우가 이따금 내놓는 의견도 존중해 주었다.

그러나 복병은 언제나 존재했다. 촬영 시간을 늘리는 데 크게 한몫을 한 것은 역시 주연배우인 리온이었다. 리온은 건우를 안 보는 사이 예전 겁먹었던 것을 까맣게 잊은 것처럼 굴었다.

건우의 기세 탓에 대놓고 무시하거나 하지는 않았지만 은연중에 자신이 더 잘났다는 것을 어필하고 있었다. 그것을 다른 이들이 알아차리지 못했다면 괜찮지만 김태유 PD를 비롯한 모두가 이미 눈치채고 있었다.

김태유 PD가 직접 리온에게 연기 지도를 했지만 나아지지는 않았다. 가장 중요한 이번 회차 엔딩 장면이었는데 결국 다른 장면으로 대체하기로 했다. 이런 상황에서는 감독의 결정이 대단히 중요했다.

"으, 으으……."

대본을 보고 있던 김진희가 신음을 내뱉었다. 주인공인 리온을 치료해 주고 달달한 모습을 연출하는 장면을 연습하고 있는데 잘되지 않는 모양이었다. 리온과 맞춰보고는 있지만 감정 몰입이 되지 않아 보였다.

날씨도 갑자기 더 추워져 파카를 꽁꽁 두르고 있었다. 리온은 멋있는 척을 하느라 외투를 입지 않고 있었는데 콧물이 찔끔 나온 모습이었다.

"고생하네."

건우가 김진희에게 다가가며 말하자 돌계단에 앉아 있던 진희가 건우를 올려다보았다.

김진희의 표정은 싸늘했다. 건우 때문이 아니라 곁에 있는 리온 때문이었다. 하지만 건우가 말을 걸자 진희의 그런 표정이 사르륵 녹았다. 너무나 다른 표정에 리온의 인상이 구겨졌다.

"저기, 건우 씨. 선배한테 인사 안 합니까?"

건우가 그렇게 말하는 리온을 바라보자 그는 움찔했다. 건우의 시선만 보아도 몸이 절로 반응하고 있었다.

"리온, 건우랑 나랑 말하고 있잖아. 넌 선배가 보이지도 않니?"

"아… 하하, 죄송해요. 아, 음… 감독님이랑 이야기 좀 하고 올게요. 이번 신에 대한 아이디어가 있거든요."

리온이 어색한 웃음을 짓다가 건우를 힐끔 보고는 사라졌다. 건우는 그런 리온이 그리 밉지 않았다. 밉상이기는 하지만 꽤 귀엽게 느껴졌다.

그 흉흉하고 비열했던 사파의 고수가 저런 모습이라니, 신선하기 그지없었다.

건우는 진희를 바라보며 웃었다. 그 웃음은 피로를 날려 버리는 신비한 힘이 있는 것 같았다.

"이야, 선배님. 나만 믿으라더니 정말이었네."

"그으래, 어때?"

"믿음직해. 든든해. 역시 형님이야."

"맞기 싫으면 누나라 해라."

진희가 인상을 팍 썼다. 건우와 진희는 이제 허물없을 정도로 친해졌다. 이틀 동안 내내 붙어 있었고, 진희가 건우를 챙겨준다고는 했지만 오히려 건우가 신경 써준 것이 더 많았다.

진희는 건우를 빤히 올려다보았다. 건우는 피를 뒤집어쓰

고 있었다. 분장이었지만 꽤 리얼했다. 야성미가 넘치는 모습
은 몇 번을 바라봐도 질리지 않았다.

"여기 앉아봐."

"응?"

진희의 말에 건우가 진희의 옆에 앉았다. 진희가 스마트폰
을 꺼내 자신과 건우의 모습을 화면에 담았다. 귀여운 표정
을 지은 진희와 건우가 브이를 그리며 씨익 웃는 모습이 찍혔
다.

"봐봐, 이렇게 예쁜데, 형님이라니……."

"눈곱 꼈다."

"엉?"

진희는 빠르게 눈을 비볐다. 오랜 촬영에 분장이 떡이 져
서 손에 묻어났다. 그에 비해 건우는 피를 뒤집어쓰고 있음에
도 왜인지 대단히 깨끗해 보였다. 피부는 모공이 존재하는 것
인지 의문이 들 정도였는데 마치 도자기 같았다. 건우는 뾰루
지가 올라오기 시작한 자신과는 다른 차원에 있는 사람인 것
같았다.

"으, 으웅, 대사 좀 도와줘."

"그러지, 뭐."

촬영에 들어가기 전에 감정을 끌어 올릴 필요가 있었다. 요
즘 연기력에 호평을 받고 있는 진희였기에 더욱 신경을 쓰고

싶었다. 최운식에게도 상당한 도움을 받았는데, 그날 이후로 최운식은 거의 남동생 대하듯 진희를 대하고 있었다. 미모로 따지면 대한민국에서 다섯 손가락 안에 충분히 드는 그녀에 대한 대우치고는 상당히 야박했다.

진희가 감정에 몰입하기 시작했다. 리온을 바라볼 때보다 훨씬 집중이 잘되어 극 중의 인물에 순식간에 빙의가 되었다. 자신을 그윽한 눈으로 바라보고 있는 건우의 모습에 진짜 여주인공, 그 자체가 된 것처럼 설레고 있었다.

연기이기는 했지만 건우의 무심한 듯한 눈빛에 마음이 아팠다.

"부디 잊으시오."

"잊으라 하시면 잊겠습니다. 그러나… 인연은 그렇게 잊혀지는 것이 아닙니다."

"인연……."

진희의 눈가에 축촉하게 눈물이 맺혔다. 건우는 그 모습을 보고 역시 배우는 배우구나 생각했다. 순식간에 몰입해서 눈물을 보일 정도인데 예전에 연기력에 대해 혹평을 받았다는 것이 믿기지 않았다.

은연중에 뿜어져 나오는 건우의 내력에 공명하여 더욱 집중이 된 것이라고 해도 본연의 실력이 없다면 불가능한 일이었다.

진희는 그 감정 그대로 촬영에 임하고 싶어 했기에 건우는 조용히 그녀의 대사를 들어주었다.

촬영 현장은 고성이 오가고 바빴지만 건우가 있는 곳만큼은 다른 세상인 것처럼 보였다.

건우가 진희에게 도움을 주고 있을 때였다.

"오, 그림 나오는데."

종영 이후 스페셜로 구성되는 화에서 방영할 예정인 메이킹 필름을 담당해서 찍고 있는 카메라가 있었다.

메이킹 필름 전문 업체의 직원이었다.

소형 카메라를 들고 있었는데, 제작 현장의 상황을 촬영하고 이후에 편집까지 따로 맡았다. 시청률이 나오지 않는다면 방영될 일은 없겠지만 일단 찍고 있는 것이었다.

조용히 대사를 읊고 있는 진희와 그 곁에서 진지한 표정으로 그녀를 바라보고 있는 건우의 모습이 환상적으로 어울렸다. 무심한 건우의 모습이 더욱 빛을 내고 있지만 진희도 부족하지 않았다.

김태유 PD한테 괜히 가서 깨지고 온 리온은 그러한 광경을 보자 인상을 구겼다. 자신에게 집중되어야 할 관심들이 모조리 저 중간에 합류한 신인 놈에게 주목된 것이 너무나 배 아팠다. 특히 김태유 PD나 다른 스태프들도 자신을 대할 때와는 다르게 건우에게는 무척이나 친근하고 상냥하게 대하고 있었다.

무엇보다 김진희와 어울리는 모습이 짜증 났다. 여배우와 사귀거나 스캔들이 나는 것은 그의 로망 중 하나였다. 여자관계가 문란한 편이었지만 김진희 정도 되는 배우와는 사귄 적이 없었다.

'도도한 척하기는!'

건우의 얼굴을 바라보다가 거울을 바라보면 오징어 한 마리가 있는 것도 그의 신경을 긁을 만했다.

리온은 오늘 피곤해서 얼굴이 부었다고 생각하며 스스로를 위로했다.

'YS가 돈을 먹인 게 분명해. 내 소속사보다 못한 곳에서 온 놈이……!'

기사를 검색해 보면 자신의 이야기는 구석에 있고 건우의 이야기만 연이어 올라올 뿐이었다. YS에서 정보를 흘렸는지 이건우의 이름이 본격적으로 등장하며 '꽃자객 이건우'라는 별명까지 생겼다.

최근 그래도 연기력이 조금 올라가 발연기 리온보다는 찌질이 연기 종결자로 불리기는 했지만 기분이 전혀 좋지 않았다.

그는 화를 가까스로 참으며 촬영장 구석까지 왔다. 그도 이쪽 방면 생활을 꽤 오랫동안 해왔기에 주변 눈치를 조금은 볼 줄 알았다. 스마트폰으로 셀카를 찍어 SNS에 올리려 했지만 사진을 보니 인상이 구겨졌다. 피로에 찌든 몰골은 정말 못 봐줄 정도였다.

"아오! 씨발!"

리온은 아무도 없는 구석으로 가 소리쳤다. 소형 카메라를 든 누군가가 그를 찍고 있었지만 전혀 눈치채지 못하고 있었다.

그는 화를 주체하지 못하고 옆에 세워진 붉은 통을 걷어찼다. 붉은 통 위에는 커다란 돌이 있어 뚜껑을 누르고 있었는데, 리온이 걷어차자 붉은 통이 쓰러지며 돌이 나뒹굴었다.

"으, 씨발! 냄새! 아오."

촬영장에서 나온 음식 찌꺼기를 담아놓았던 통이다. 며칠 동안 모아놓은 것이라 상당히 많았다. 냄새가 안 나게 꽉 밀봉시켜 놓은 이유가 있었지만 리온이 그런 것을 신경 쓸 리가 없었다.

리온은 욕을 계속 내뱉고는 담배를 꺼내 피웠다. 치울 생각은 하지 않고 혐오스러운 눈으로 음식물 쓰레기를 바라보다가 그대로 다시 촬영장으로 들어갔다. 이상한 냄새에 스태프들이 그를 바라보았지만 그는 자신에게 관심이 집중되는 줄 알고 으쓱할 뿐이었다.

　　　　*　　　　　*　　　　　*

　이틀 밤을 새우고 다시 해가 지는 시점에 드디어 막바지 촬영이 시작되었다.

　음식물 쓰레기를 담은 통이 쓰러져 있는 것을 본 라인 PD가 연출팀 막내들과 함께 수습했지만 냄새는 빠지지 않았다. 혼나는 것은 물론 그들이었다. 리온은 뜨끔했지만 모른 척할 뿐이었다.

　대충 모래로 묻고 촬영은 계속되었다. 드디어 마지막 촬영이 시작되고 남아 있는 배우들이 의욕적으로 촬영에 임했다. 리온과 김진희의 분량이 제일 많았는데, 화제가 될 만한 김진희의 목욕신을 끝으로 촬영이 마무리될 것이다. 고인숙 작가가 급하게 추가한 터라 마지막에 배정된 것이었다.

　"음, 한 번 더 갈게요. 물 좀 채워줘요!"

　김태유 PD는 좀처럼 마음에 드는 장면이 나오지 않는지 재촬영에 들어갔다. 계속해서 뜨거운 물을 나르다 잠시 쉬고 있던 막내들이 다시 뛰기 시작했다. 촬영 세트장 뒤에는 큰 산 하나가 있고 주변은 논밭이었다.

　바람이 그대로 불어와 대단히 추웠다. 영하 20도를 넘어가는 기록적인 한파였으니 펄펄 끓던 물도 금방 식을 정도였다.

목욕통 속에 들어가 있는 김진희도 추위에 덜덜 떨고 있어 스태프가 수시로 그녀의 몸을 녹여주려 노력하고 있었다.

건우도 리온처럼 그녀를 지켜보고 있었다. 그의 촬영 분량은 끝났지만 끝까지 함께하는 것이 신인으로서의 마음가짐이었다.

건우는 굳이 그런 것까지 신경 쓰지는 않았지만 그래도 고생한 이들을 보니 끝까지 함께 있고 싶었다.

건우의 눈에 덜덜 떨고 있는 진희가 보였다. 입술이 새파랗게 변한 것이 보이니 역시 신경 쓰였다.

"잠시 쉬었다가 갈게요. 몸 좀 녹여주세요! 조명 좀 세게 틀어줘."

김태유 PD의 배려에 진희는 살았다는 표정을 지었다. 건우가 옆으로 다가와 그녀를 바라보았다. 진희는 어깨 라인이 모두 드러나 있었지만 지독한 추위 때문에 그런 것은 신경 쓰지도 못했다.

건우는 물의 온도를 체크했다. 미지근했다.

"손 좀 줘봐."

"으, 응?"

건우가 진지하게 말하자 진희는 얼떨결에 손을 내밀었다. 건우는 손을 잡고 바로 내력을 끌어 올렸다. 자신의 내력을 남의 몸에 불어넣는 것은 위험한 일이었지만 건우에게는 문제가 되지 않았다. 몸 안에 가득 서려 있는 음기를 가라앉히고 진기를 불어넣자 진희의 얼굴이 눈에 띄게 편해졌다. 진희는 갑자기 추위가 물러가자 영문을 모르겠다는 눈으로 건우를 바라보았다.

"괜찮아?"

"어? 어… 응."

진희의 얼빠진 대답에 건우는 고개를 끄덕이고는 뒤로 물러났다. 워낙 둘이 장난을 많이 치고 해서인지 이상하게 보는 스태프는 없었다. 리온만 인상을 쓸 뿐이었다.

리온은 노골적으로 진희의 가슴 부위를 바라보다가 그녀의 싸늘한 시선을 받아야만 했다.

그렇게 마지막 장면 촬영은 순조롭게 끝나는 듯했다.

'이제 끝난 건가?'

일반인이었다면 엄청나게 힘들었을 강행군이었다. 엄한 인상의 촬영 감독도 꾸벅꾸벅 졸았고 다른 스태프들도 마찬가지였다.

배우들이야 주변 민가를 빌려 쪽잠을 자기라도 했지만 스태프들은 아예 촬영 현장에서 모든 것을 해결했다.

하지만 건우는 전혀 힘든 기색이 없었다. 얼굴은 방금 씻은 것처럼 깨끗했고 생기가 넘쳤다. 오히려 이곳에서 연기를 하며 좋은 내력을 축적할 수 있었기에 기운이 더 나는 느낌이었다. 옥선체화신공이 없었다면 건우도 저들과 다르지 않았을 것이다.

컷 사인과 함께 촬영이 종료되는 시점이었다.

"으, 으아아악!"

"꺄악!"

갑자기 저 멀리서 비명 소리가 들려왔다. 모두의 시선이 돌아갔다. 여자 스태프가 달려오다 넘어졌고 남자 스태프가 달려오고 있었다. 본능적으로 사람이 많은 곳에 온 모양인데 얼굴이 파랗게 질려 있었다.

"뭐, 뭐야?"

"무슨 일이야?"

갑자기 비명을 지르며 달려오니 모두가 놀랄 수밖에 없었다. 목욕통 안에서 나오려던 진희 역시 갑작스러운 상황에 놀라 주저앉았다.

달려오고 있는 스태프 뒤로 짐승의 투닥거리는 소리와 함께 커다란 그림자가 모습을 드러냈다.

"미, 미친!"

"저, 저게 뭐야!"

입에 거품을 물고 있는 거대한 멧돼지가 남자 스태프를 그대로 지나쳤다. 그러곤 조명을 보더니 흥분해서 날뛰기 시작했다. 멧돼지의 입가에는 음식물 쓰레기가 잔뜩 묻어 있었다.

"꺄아아악!"

"으악!"

스태프들이 비명을 지르며 옆으로 도망쳤다. 비명 소리에 더욱 놀란 멧돼지가 침을 질질 흘리며 김진희가 있는 쪽으로 돌진했다. 조명이 비추고 있어 멧돼지의 표적이 되어버린 것이다.

진희에게 수건을 챙겨주려던 리온이 비명을 지르며 도망쳤다. 다른 스태프들은 놀라 아무런 대응을 하지 못했다.

진희가 두려움에 몸이 굳어 아무것도 하지 못할 때였다. 난장판에서 유일하게 냉정을 유지한 자가 있었다. 바로 건우였다.

'멧돼지인가. 조금 작군.'

대형견보다 조금 더 큰 크기였지만 건우에게는 작아 보였다. 전생이기는 하지만 곰만 한 멧돼지도 잡아본 적이 있는 건우였다. 그 시절에는 드물긴 하지만 영물 역시 존재했다.

'배가 고팠던 것이로군.'

멧돼지의 배를 보니 임신한 것 같았다. 건우는 진희가 있는 나무통 앞에 섰다. 멧돼지가 흥분하며 건우를 향해 달려오기 시작했다. 건우는 반납하지 않은 가검을 검집 채로 들고 멧돼지를 노려보았다.

멧돼지가 건우를 향해 날카로운 어금니를 들이밀려는 순간이었다. 검집이 앞으로 향해 뻗어갔다. 바람을 가르며 뻗어간 검에는 강력한 내력이 실려 있었다.

검풍이 몰아치며 흙먼지를 날려 버렸다.

휘이익!

건우의 살기가 멧돼지를 향해 폭사되자 멧돼지는 달려오다가 급하게 멈추었다. 건우가 뻗은 검집 바로 앞에 멈추더니 겁먹은 강아지처럼 그대로 몸을 돌려 사라졌다.

건우는 멧돼지가 야외 세트장 밖으로 도망치는 모습을 보고는 검집을 내렸다.

계속 돌진해 왔다면 멧돼지의 두개골은 그대로 박살 났을 것이다. 다행히 건우의 의도대로 되었다.

건우가 주변을 바라보니 모두 멍하니 자신을 바라보고 있었다. 자빠져 있는 스태프와 구석에서 몸을 웅크리고 있는 리온, 그리고 놀란 표정의 김태유 PD가 보였다.

"괘, 괜찮아?"

"다친 데는?"

"구급상자 가지고 와!"

건우의 주변에 김태유 PD를 비롯한 스태프가 몰려왔다. 방금 벌어진 도저히 믿을 수 없는 상황에 모두가 어안이 벙벙한 상태였다. 건우는 고개를 돌려 진희를 바라보았다. 멧돼지가 사라졌지만 그녀는 아직도 몸이 굳어 있었다.

"괘, 괜찮아요? 선배님? 하하하! 제, 제가 시선 끄는 거 보셨죠?"

리온이 수건을 잔뜩 들고 다가왔다. 뜨거운 물통 옆에 넘어져서인지 그의 바지가 잔뜩 젖어 있었다. 묘한 부위가 젖어 있어 모든 이들의 시선이 그곳으로 꽂혔다.

"아, 이, 이건 저, 저기 물통이… 아, 아니에요! 그게……."

물이라고 말을 해보았지만 믿지 않는 눈치였다. 그도 그럴 것이 고간을 중심으로 퍼져 나간 모양은 자연적인 형태가 아니었다. 진흙도 엉덩이 부분에 묻어 모양새가 진짜 이상했다.

"다친 사람 없는지 확인해 봐! 막내, 괜찮아?"

"아… 네, 조금 까졌는데……."

"멧돼지가 출몰할지도 모르니까 짬통 잘 처리하라고 몇 번 말했냐! 도대체 누가 엎은 거야?"

김태유 PD의 호통이 울려 퍼졌다. 놀란 분위기가 어느 정도 수습되자 피해 상황을 집계했다. 다행히 고가의 장비는 무사했고 의상 몇 벌과 기타 소품만 파손되었을 뿐이다. 인적 피해는 넘어져 까진 것 정도 외에는 없었다.

자칫 잘못했으면 큰 사고로 이어질 뻔한 상황이었다. 또한 건우가 막지 않았다면 진희는 무사하지 못했을 것이다.

'저번에도 그렇고… 참 복덩이네. 그나저나 멧돼지라니… 이

런 일은 또 처음이군.'

김태유 PD는 넘어져 다친 스태프의 상처를 능숙하게 봐주는 건우가 너무나 고마웠다. 아무리 친하다고는 하지만 그렇게 겁 없이 진희를 지키기 위해 몸을 날릴 수 있는지 정말 같은 남자지만 대단하게 느껴졌다.

건우가 취했던 행동 역시 끔찍했던 상황에 어울리지 않게 대단히 우아하고 멋이 있었다.

김태유 PD가 짐작 가는 바가 있어 리온을 바라보자 리온은 찔끔하며 고개를 돌렸다. 리온은 더 이상 변명하지 않고 어색하게 웃을 뿐이었다.

건우가 대신 수건을 진희에게 건네주었다.

제정신으로 돌아온 진희는 건우에게 고맙다는 말을 하려고 했지만 건우가 먼저 피식 웃으며 입을 떼었다.

"배 안 고파? 아까 봤는데 김밥 남은 게 있던데."

"건우야……."

"음, 섹시하기는 한데, 안 추워?"

건우가 아무 일도 없다는 듯 조금은 짓궂은 미소를 지으며 말하자 진희는 두려웠던 마음이 사라지고 고마움과 따뜻한 마음이 들었다. 그리고 조금 황당하기도 했다.

그렇게 건우의 배우로서의 길고 긴 첫 번째 촬영이 끝났다.

야외 세트장 촬영이 끝나고 나서 하루 정도 쉬고 바로 스튜디오 녹화가 있었다. 스튜디오 녹화는 야외 촬영과는 분위기가 많이 달랐는데, 카메라가 여러 대 있는 것이 가장 큰 차이였다.

최운식이 건우에게 녹화와 촬영은 무엇이 다른지 설명해 주었는데, 건우는 대략 이해하고 고개를 끄덕였다. 스튜디오에서 카메라 원, 투, 쓰리로 찍는 것, 즉 여러 대의 카메라가 각각 다른 앵글을 잡은 상태로 동시에 찍는 것을 녹화라고 불렀고, 야외나 세트에서 카메라 한 대로 앵글을 바꿔가며 찍는 것이 촬영이라고 했다.

건우는 본인이 천생 연기자라고는 전혀 생각해 본 적 없었지만 그런 기질이 있기는 한지 어렵지 않게 적응했다. 연기라고 해봐야 자객 흉내만 내면 되니 그렇게 어려운 것은 없었다.

아마 러브신이라던가, 그와 비슷한 것들이 있었다면 옥선체화신공이 있더라도 어려움을 겪었을 것이다.

아무튼, 최운식과 좋은 장면을 찍었고 왜인지 건우의 비중이 늘어난 추가 분량을 따로 찍었다. 건우의 옥선체화신공 덕분에 다른 배우들의 연기도 물이 올라 촬영은 순조로웠다.

그러나 늘 그렇듯 예상외의 복병이 존재했다. 리온이 병원에 입원했다는 기사가 떴는데, 제작진에 대한 불만을 은근히 말해 김태유 PD의 속을 긁어놓은 것이다. 그 때문인지 엔딩 장면은 건우의 모습으로 대체되었다. 시청자 게시판에 악성 댓글이 달리는 상황이었지만 딱히 대응을 하지는 않을 모양이었다.

그런 사실을 아는지 모르는지 정작 리온은 SNS를 통해 링거를 맞는 사진을 올린다든가, 환자복을 입고 있는 주제에 풀 메이크업을 하고 아픈 척하는 관종 짓을 하고 있었다. 스태프들의 리온에 대한 평가는 최악으로 추락했지만 반대로 건우의 이미지는 하늘을 찌르고 있었다.

나이로 따지자면 건우가 사실상 막내였는데, 스태프들을 세심하게 배려해 주고 챙겨줘 촬영장에서는 오빠 같은 느낌으로 모두에게 다가갔다. 건우는 모든 스태프의 얼굴과 이름을 정확히 기억하고 있었다. 건우가 웃는 얼굴로 예의 바르게 누구누구 조연출님 등으로 불러주니 호감이 가지 않을 수 없었다.

건우에게는 그저 오지랖에 불과했지만 말이다. 속마음을 말하자면 꽤 좋아진 기억력을 테스트하는 겸해서 한 것도 있었다. 그리 큰 의미가 있는 행동은 아니었다.

아무튼, 리온이 말썽이기는 하지만 김태유 PD는 그런 리온을 끌어안고 가야만 했다. 정말 속 터지는 것은 촬영장에서는 그럭저럭 하다가 뒤돌아서면 이런저런 말을 해대는 것이었다.

스튜디오 녹화를 끝내고 주간 촬영 일정이 마무리되었다. 건우는 4회 분량만 출연하기로 합의되어 있으니 이렇게 바쁜 것도 잠시뿐일 것이다. 극이 주인공인 리온에게 포커스를 맞춰가는 방향으로 전개될 것이니 마지막 회 차로 갈수록 분량이 많지 않을 것이다.

건우는 그렇게 생각했다.

그렇게 정신없이 지내는 와중에 월요일이 되었고 많은 관심을 받게 된 달빛 호수가 방영되었다.

건우는 녹화와 촬영을 하면서 얻은 내공을 정리하느라 챙겨볼 여유가 없었다. 이미 한번 화제가 되었으니 이번에는 별일 없겠지라는 안일한 생각을 하고 있을 뿐이었다.

자신에 대해 정확히 파악하고는 있지만 주변 반응에는 조금은 무신경한 무인으로서의 습관이 드러나는 순간이었다.

*   *   *

김진희.

대한민국에서 그녀의 이름을 모르는 이는 많지 않을 것이다. 아역으로 화려하게 데뷔하고 각종 CF를 찍으면서 주가를 올린 그녀가 처음으로 여주인공이 되었을 때는 많은 기대를 받았다. 아역 시절 연기력도 어느 정도 검증을 받아 '달빛 호수'에 대한 기대는 더더욱 올라갔다. 이런 그녀를 받치는 중견 배우진 또한 아주 화려했기에 그럴 수밖에 없었다.

그러나 문제가 생겼다. 너무 가볍고 진지한 구석이라고는 전혀 없는 리온에게 도저히 감정이입이 되지 않았던 것이다. 그녀는 자기 잘난 맛에 설치고 다니는 부류를 제일 싫어했다. 게다가 팬들이 준 선물을 취향에 안 맞는다며 쓰레기통에 버리는 모습을 목격한 뒤로 더더욱 그러했다.

'어찌 되나 싶었지만… 잘되었으니 뭐……'

최운식에게서 얻은 조언이 아니었다면 연기력에 반전은 없었을 것이다. 최운식은 그녀에게 다른 사람의 얼굴을 떠올리며 감정이입을 하라는 기초적인 충고를 해주었다. 건우에게 억지를 부려 대사를 맞춰본 것이 아주 도움이 되었다.

그는 여러모로 신기한 남자였다. 미친 외모는 그렇다 치더라도 그 기묘한 분위기는 그녀로서도 처음 겪어보는 것이었다. 설레는 감정을 주기도 하고, 심장을 격렬하게 두드리기도 했다. 그리고 종국에 이르러서는 포근한 감정과 함께 마음이 편안해졌다.

물.

마치 물에 빠진 것 같은 느낌이었다. 건우라면 뭐든지 할 수 있을 것 같은 기분이 들었다.

'뭐 하고 있을까?'

그녀는 현재 예능 녹화를 끝내고 집으로 돌아가는 중이었다. 국민MC 유진식이 진행하는 토크쇼였다. 리온도 같이 출연했는데 '대세 드라마 커플'이라는 마음에 들지 않는 주제였다.

노골적으로 치근덕거리는 리온의 얼굴이 떠오르자 다급히 스마트폰을 꺼내 건우의 사진으로 정화했다. 토크쇼에서 멧돼지의 일을 말해주니 리온의 표정이 굳어버리는 것이 보였는데 참으로 통쾌했다.

건우에게 톡을 보내봤지만 역시 읽지를 않았다. 처음에는 무시한다고 생각했는데 알고 보니 건우는 핸드폰을 잘 들고 다니지 않았다.

SNS도 하지 않고 누구나 다 하는 애플톡도 그녀가 억지로 깔아줬을 뿐이었다. 그래도 전화를 하면 꾸준히 받는다는 것에 위안이 되기는 했다.

"아, 맞다!"

지금은 화요일 새벽이었다. 꽤 고생하면서 찍은 촬영분이 이미 방영되었을 것이다. 가끔 사진만 올릴 뿐 SNS를 잘 안 하는 척했지만 그녀는 거의 모든 댓글을 보고 악플을 수집하곤 했다. 실제로 과도한 악플에 대해서는 고소를 진행 중이기도 했다.

반응이 어떨지 두근거렸다. 그녀의 예상대로라면 아마 엄청

폭발적인 반응이 있을 것이다. 촬영 현장에서 본 것만으로도 환상적이었으니 말이다.

그녀는 태블릿 PC를 꺼내 포털 사이트를 띄웠다.

"와……."

그녀는 감탄사를 내뱉었다. 저번에도 그랬듯이 실시간 검색어를 점령했다. 하지만 저번과는 또 달랐다. 이번에는 확실히 건우의 이름이 1위에 올라 있었다. 기사를 훑어보니 YS에서 준비한 흔적이 보였다. 침묵하고 있어서 이상했는데 방영이 되자마자 기사가 마구 올라간 것이다. 그 효과는 대단했다.

l. 이건우
2. 꽃자객 이건우
3. 달빛 호수
4. 달빛 호수 액션
…
9. 김진희
l0. 리온 발연기

건우가 실시간 검색어를 모두 장악했다. 연예 기사란 역시 점령했다. SNS에서도 완전 난리가 났다. 벌써부터 캡처한 사진들이 돌아다니는데 그냥 동영상에서 캡처한 것임에도 굴욕적인 모습은 단 하나도 없었다.

YS에서 만든 프로필 사진 역시 한동안 눈을 떼지 못할 정도였다. 게다가 연기력에 대한 부분도 엄청난 호평을 받고 있었는데, 미친 연기라는 말이 아깝지 않았다. 특히 대역 없이 직접 액션을 모두 소화했다는 기사들이 뜨자 엄청난 화제를 몰고 있었다.

댓글도 악플을 찾아보기 힘들었다.

'실물이 훨씬 나은데……'

김진희는 헤벌쭉 웃으며 올라온 사진들을 모조리 저장했다. 건우의 역할은 자객으로, 잔혹한 면모가 부각되어 있었다. 반항하는 집단들을 모조리 쓸어버리기도 했고 대사는 모두 냉혹함이 묻어났다.

보통이라면 살벌한 눈빛과 차가운 표정으로 호감을 불러일으킬 수 없을 것이다.

그러나 건우는 달랐다.

틀에 박힌 주인공과는 다른 궤도의 인물이었고 방심하지 않고 모조리 죽여 버리는 모습에서는 어떤 카타르시스마저 느끼게 했다. 기이하게 댓글에서도 남주인공에 대한 걱정보다는 그냥 이대로 계속 다 죽여 버리자는 내용이 많은 추천을 받고 있었다.

[호감도 순 보기]

fion****: ㄷㄷ 떨면서 본 사람 손. 착한 놈 죽는데 기분 좋은 건 처음이다.(좋아요: 1603 싫어요: 32)

답글 103

—RE: vix1****: 지렸음ㅋㅋㅋ. 걍 다 죽였으면 좋겠엌ㅋㅋ.

—RE: cino****: 밥 먹으면서 보다가 밥 다 식음ㅋㅋㅋㅋ.

—RE: kalu****: ㄹㅇ, 근데 예고편은 왜 안 나옴?

jupn****: 진짜 무슨 영화급 연출이냐. 액션이 미쳤네. 제작비 이번 화에 다 때려 박은 듯.(좋아요: 703 싫어요: 31)

답글 72

괜히 기분이 좋아진 진희도 바로 로그인해 댓글을 달아주었다. 그러고는 바로 올라온 이번 회 차를 다운받아 감상에 들어갔다.

매니저는 그 모습을 보고 자신의 연기를 모니터링하면서 노력하고 있다고 생각할 수밖에 없었다. 그도 그럴 것이 마치 수능을 보는 것처럼 엄청나게 진지한 모습이었기 때문이다. 매니저는 진희가 요즘 연기력이 올라간 것이 이유가 있다며 고개를 끄덕였다.

매니저가 착각하거나 말거나 진희는 화면에 집중했다. 처음부터 장난 아니었다. 건우의 화려한 액션으로 시작하는 부분은 도저히 눈을 뗄 수 없게 만들었고, 바늘로 찔러도 피 한 방울 안 날 것 같은 표정은 그녀를 오싹하게 만들었다. 이렇게 화면으로 보니 어째서 화제가 되었는지 알 것 같았다. 이 정도면 화제라고 말하는 것이 실례가 될 정도였다. 그야말로 돌풍을 몰고 온 것이다.

남주인공인 리온과의 애틋함을 연출하는 장면은 그녀가 보기에도 꽤 괜찮았다. 리온의 얼굴만 없다면 말이다. 남주인공을 죽이기 위해 찾아온 건우와 마주치는 장면은 긴장감을 절로 불러일으켰다. 음산한 배경음악과 어울려 쫄깃한 공포를 연출해 냈는데, 무섭기도 했지만 그런 모습이 미치도록 멋있었다.

자신의 턱을 붙잡으며 이리저리 돌려보는 장면은 그야말로 압권이었다. 화면으로 보니 오히려 리온과 투샷을 할 때보다 더 괜찮았다.

찰칵!

그 부분을 다시 돌려보고 캡처했다. 진짜 이대로 다 죽여 버리고 여주인공을 데려가길 바랄 정도였다. 리온이 찌질하게 굴러다니는 것과는 너무나 대비가 되었다. 성장형 주인공이라서 어쨌든 나중에는 자객단주를 넘어서겠지만 지금까지만 보면 너무나 극명한 대비가 났다. 연출의 실패인지 의도된 것인지는 아직 몰랐다. 쪽대본이라 내용이 수시로 변했기 때문이다.

마지막엔 건우가 암살 지시를 받으며 고개를 돌리는 장면으로 끝났다. 시간이 어떻게 간지도 모르고 집중해서 보았다.

"후아… 꺄악! 깜짝아!"

"으억!"

어느새 매니저가 옆자리에서 같이 태블릿 PC를 보고 있었다.

"뭐, 뭐예요. 놀랐잖아요."

"아니, 너무 재미있어서……."

"그렇긴 하죠?"

"와, 건우 씨, 전에도 느꼈지만 장난이 아닌데. 뭔 남자가 저리 멋지냐. 친해져 놓길 잘했네, 잘했어."

이미 차량은 집 주차장 앞에 도착해 있었다. 집중하고 있는 진희를 방해하고 싶지 않아 옆으로 왔다가 그도 드라마에 빠져 버렸던 것이다. 진희는 헛기침을 하고는 다시 도도한 표정으로 돌아왔다.

"흠흠, 수고하셨습니다. 그럼 들어가 볼게요."

"그려, 가다 넘어지지 말고. 앞 잘 보고 걸어라."

"무슨 소리예요!"

매니저는 피식 웃을 뿐이었다.

                    *   *   *

건우는 조금 황당했다. 갑자기 엄청나게 몰려오는 기운을 간신히 받아들일 때만 해도 이 정도 반응이 나올 줄은 예상도 못 했다. 하룻밤 만에 세상이 달라졌다는 말이 실감이 났다.

이변을 느낀 것은 산에서 내려오고 나서부터였다. 오후에 촬영이 있어서 수련을 마치고 집으로 가는 길인데 시선이 몰렸다.

아침 자습을 하기 위해 일찍 등교를 하던 학생들이 갑자기 건우의 뒤를 졸졸 따라오기 시작했던 것이다.

평소라면 그러다가 말았지만 지금은 계속해서 숫자가 불어나고 있었다. 위험한 기색은 전혀 없어 놔두고 있었지만 이제는 이동이 조금 불편할 정도에까지 이르렀다.

"와, 대박. 진짜 여기 사나 보네."

"거봐, 내 말이 맞지?"

"기럭지 봐. 장난 아니다."

이러다가 집 앞까지 쫓아올 것 같아 고개를 돌려 바라보자 학생들이 머뭇거리다가 다가왔다.

"저, 저기… 사인 한 장만요."

"사진 좀 찍어주시면 안 돼요?"

주변에는 여고가 많아 모두 여학생들이었다. 건우는 잠시 무슨 뜻인지 이해 못 하다가 눈을 깜빡였다. 이런 경험은 처음이었기 때문이다.

"저를 아세요?"

"네! 이건우!"

자신의 이름을 정확히 알자 건우는 고개를 갸웃했다. 그러고는 피식 웃으며 고개를 끄덕였다. 아마도 달빛 호수를 보고 알아봤으리라. 알아봐 준다는 것이 왜 기분 좋은 것인지 이해할 수 있었다.

여학생들이 빠르게 공책과 두꺼운 펜을 건네주며 기대감 가득한 눈으로 건우를 바라보았다. 건우는 그 모습이 귀여워 보였다. 비무행 시절 자신을 졸졸 따라다녔던 어린 후기지수들을 보는 것 같았다.

'사인이라……'

사인에 대해 건우는 전혀 생각해 보지 않았다. 그럴싸한 사인도 없었다. 그러나 처음 사인을 해주는 것인데 막 해줄 수도 없었다. 건우는 내력까지 끌어 올려가며 펜을 놀리기 시작했다.

마치 비무행을 할 때 명부에 이름을 올리는 것처럼 자신의 이름을 적었다. 한자를 적고 그 밑에 이름을 적었는데 명필이 쓴 것 같은 유려한 글씨였다. 여학생들이 멍하니 그것을 바라볼 정도였다. 두꺼운 수성 펜을 붓처럼 놀리더니 순식간에 아름다운 글씨를 만들어낸 것이다.

힘과 부드러움이 동시에 담긴 하나의 작품이었다.

"사, 사진도 좀……."

건우는 학생들의 간절한 눈빛을 거절할 수 없었다.

학생들과 같이 사진을 찍었다. 살짝 웃고 있는 건우의 모습은 자객을 연기할 때와는 또 다른 매력이 있었다.

건우는 살짝 손을 흔들어 인사를 해주고 집으로 향했다.

몰리는 시선에 후드를 눌러쓰고 내력까지 끌어 올리며 빠르게 달려왔다. 집에 오자마자 스마트폰을 켜보니 승엽이가 문자를 보내고 난리도 아니었다.

톡도 상당히 많이 와 있었다.

진희가 인상을 쓰며 설치하라고 해서 애플톡을 설치했지만 주소록엔 승엽, 진희, 석준, 최운식을 포함한 몇몇밖에 없었다. 초라하다면 초라할 수 있겠지만 건우는 그런 걸 신경 쓰는 성격은 아니었다.

운선도인이 우화등선한 이후, 산속에서 몇 년을 홀로 보낸 적도 있었기 때문이다.

―승엽: 야, 이 자식아! 부럽다. 흐어어엉.

—건우: ㅇㅇ.

—승엽: 김진희님이랑 친해졌다며, 그거 실화냐?

 승엽의 톡에 피식 웃은 건우는 갤러리 폴더를 뒤져 사진을 전송했다. 진희가 보내준 사진이었다. 보다 보니 제법 잘 나온 사진이 많았다.

—건우: (사진 전송) 저장하기 / 공유하기.

—승엽: ㄴㅁ러이ㅏㅓ 망할 놈아!

—건우: 이것도 찍음ㅋ.

—건우: (사진 전송) 저장하기 / 공유하기.

—승엽: 오ㅋㅋㅋ 대박. 진희님 예쁜 거 봐. 니 얼굴은 자른다.

—건우: ㅋㅋㅋ 나중에 모임 있으면 불러줌.

—승엽: 형님, 감사합니다.

 승엽은 순수하게 건우를 축하해 주었다. 말은 저렇게 했지만 승엽도 고집이 있어 인맥으로 오디션을 보거나 하는 것을 싫어했다. 건우는 승엽의 오로지 실력으로 승부하고자 하는 그런 패기가 싫지 않았다. 재능이야 둘째 치더라도 근성은 볼 만했다. 그 패기와 근성으로도 안 될 때 도와주는 것이 바로 친구일 것이다.

석준에게서 온 톡도 있었다.

—석준 형님: 건우야, 네가 나온 부분 보았단다. 고생이 많았구나. 내부 인사 조정이 있어 잘 못 챙겨줘서 미안하구나. 이번 주에 일정에 대해 이야기를 해보자. 다만 내가 정한 방향에 맞춰줬으면 하는구나. 그리고 핸드폰 확인 좀 자주 하렴. 사랑한다.
—건우: 넹ㅋ.

뭔가 대단히 긴 장문이었지만 건우는 짧게 답장을 보내주었다.

—최운식 형님: 다음 주, 술 먹자. 진희가 산대.(술 먹는 곰 이모티콘)
—건우: 넵.

모두 간단히 답장했다.

건우는 핸드폰을 책상 위에 올려놓고는 창문 밖을 바라보았다. 창문 밖에는 주변 학교 고등학생이 담배를 피우고 있었는데, 연신 가래침을 뱉어댔다.

담배 연기가 집 안까지 들어올 정도라 어머니가 종종 뭐라고 했던 것이 기억이 났다. 하지만 말을 한다고 해서 알아먹을 것 같지도 않고, 얼마 전에는 폭행 사건이 일어나기도 해서 말리는 사람은 없었다. 그들은 학교도 안 가고 아침부터 음담 패설이나 늘어놓고 있었다.

'싸움이라도 걸어오면 곤란하지.'

무림이었다면 바로 손을 썼겠지만 현대사회에서는 범죄였다. 무시하는 방법이 있기는 했지만 그러기도 싫었다.

건우는 잠시 생각하다가 씨익 웃고는 양아치들을 바라보았다. 내력을 끌어 올리며 입을 떼었다.

[야.]

양아치 중 하나가 갑자기 화들짝 놀라며 고개를 갸웃했다. 전음을 쓴 것이다. 반년분의 내공을 훨씬 넘어서고 있어 사용할 수 있었지만 대상자의 위치를 정확히 바라봐야 했고 입을 뻥긋거려야 하는 단점이 있기는 했다.

건우는 전음의 목소리를 변형할 줄 알았다. 그것은 쉬운 일이었다. 그는 곧 소름끼치는 목소리를 내기 시작했다.

[부족해, 부족해, 부족해.]

"으, 으아악! 뭐, 뭐야! 누구야!"

[으흐흐흐, 담배, 담배를 줘. 담배, 담배담배담배담배! 담배 담배, 맛있어, 담배담배담배담배.]

"으아아악!"

양아치들이 머리에서 울리는 소리에 당황해 얼굴이 새파랗게 질린 채 담배를 집어던지고는 도망치기 시작했다. 강한 척하며 침을 뱉고 다녀도 결국 그 나이 또래의 소년일 뿐이었다. 이제 담배에 트라우마가 걸릴지도 몰랐다.

'나도 유치해졌군.'

그러나 그런 변화가 나쁘게 느껴지지만은 않았다.

오늘 일정이 없었기에 건우는 어머니의 가게라도 가볼 생각이었는데, 어머니가 기분 좋게 웃으면서 반대했다. 아무래도 사람들이 몰려서 힘든데 건우까지 나타나면 그날 장사는 접어야 할 수도 있었기 때문이다.

요즘 건우의 어머니는 몰려드는 기자들과 인터뷰를 하는 것에 재미를 느꼈는지 모처럼 밝은 표정이었다. 어머니가 기뻐하는 모습을 보니 건우는 더욱 열심히 해야겠다는 생각이 들었다.

'예전에는 어떻게 시간을 보냈더라……'

바쁘게 산 지 한 달도 되지 않았지만 예전에 어떻게 그 많은 시간을 유야무야 보냈는지 의문마저 들었다.

명상이라도 하려고 가부좌를 트는데, 한상진에게서 전화가 왔다.

─건우 씨, 쉬고 계신데 죄송합니다.

"아닙니다."

─건우 씨 메일로 8화 대본이 갔을 겁니다.

"벌써요?"

통화기 너머로 무언가 시끄러웠다. 여러 여자의 목소리가 들렸는데 자신의 이름을 부르는 것 같기도 했다.

—야! 조용히 해! 니네 진짜… 아! 죄송합니다. 하하, 애들이 좀 활기차서요. 그리고 촬영 일정이 조금 앞당겨졌습니다. 워낙 변동이 심해서 조금 힘드실 수도 있을 것 같네요. 아무튼 자세한 건 메일로 보내놓았습니다.

"네, 감사합니다."

통화가 끊기자 스마트폰으로 메일을 확인해 보았다. 건우가 계약되어 있는 화가 9화까지니 앞으로 출연이 얼마 남지 않은 시점이었다. 얼떨결에 합류한 것이지만 조금 아쉬운 마음이 들기는 했다.

'어디 보자……'

건우는 자신의 분량을 확인했다.

"이거, 조금 이상한데……"

생각보다 분량이 너무 많았다. 액션신은 줄어들었지만 대사가 더 많아져 건우의 비중에 신경을 많이 쓴 것 같은 느낌이 확실히 풍겼다.

진희와의 대화가 특히 많았는데, 자객답지 않게 부드러운 대화가 이어졌다. 살수 복장이 아니라 선비 복장으로 변장까지 해서 말이다.

본래는 리온을 죽이기 위해 접근한 것이지만 여주인공의

천진난만하고 순수한 모습에 끌려 내면의 갈등이 시작된다는 전개였다.

무림이었다면 있을 수도 없는 이야기였다. 어렸을 적부터 살인 병기로 세뇌된 살수들이 감정이 있을 리 없었다. 웃으면서 자결하는 놈들이니 말이다.

아무튼 극의 내용은 급전개인 것 같지만 앞쪽에 충분히 떡밥을 깔아놓아서인지 전혀 어색하지 않았다. 스타 작가의 능력을 보여주는 대목이었다.

'그럼 다음 화에 죽겠네.'

그렇게 되는 것이 자연스러운 하차일 것이다. 죽지 않고 이어가기에는 아무래도 무리가 있었다. 아마 리온에게 죽거나 같은 자객에게 처리당하거나 둘 중 하나일 것이다. 죽어봤기에 죽는 연기는 누구보다도 자신이 있었다.

건우는 피식 웃고는 촬영 일정을 확인해 보았다.

"빽빽하군."

본래 내일 오후부터 있었지만 앞당겨져서 오전에 스튜디오로 가야 했다. 그 후의 촬영 일정도 살인 스케줄이었고, 늘 그렇듯 대본 리딩도 생략되었다.

건우는 몰랐지만 이번에 방영된 회 차의 반응 때문에 예정이 많이 변경된 것이었다. 그는 아직도 실시간 검색어를 점령하고 있었고, 오히려 전보다 더 화제가 되고 있었다. 시청률도

전번 대비 7%나 올라 21%를 기록했다고 한다. 케이블이 강세인 요즘 시대에 공중파라고 해도 이 정도라면 충분히 대박이라고 부를 수 있을 수준이었다.

그리고 앞으로 시작이라는 게 더 고무적이었다.

'연습이나 해볼까.'

대본을 훑어보았다. 훑어보는 것만으로도 대략 흐름을 외울 수 있었다. 저잣거리를 함께 걸으며 차분한 눈으로 여주인공을 바라보는 자신을 그려보았다. 눈을 감고 그 풍경을 그려보는 것만으로도 옥선체화신공이 운용되었다.

그리운 감정이 밀려왔다. 그의 기억에는 없는, 그렇지만 처음 겪어보는 감정은 분명 아니었다.

시끄러운 거리의 소리.

약간 싸늘한 추위.

여기저기 떠 있는 등불.

그러한 이미지가 머릿속에 떠올랐다. 누군가 자신의 옆에 있는 것 같은데 도저히 기억이 나질 않았다. 가슴을 가득 채우는 따스함이 잠시 그를 붕 뜬 상태로 만들었다.

'모르겠어.'

더 이상 기억을 떠올릴 수 없다는 것이 아쉬웠다. 그렇지만 지금 느낀 감정은 그에게도, 옥선체화신공에게도 좋은 효과를 줄 것 같았다.

그리고 좋은 기분으로 촬영에 임할 수 있을 것이란 생각이 들었다.

"나도 배우 다 되었네."

건우는 그런 말을 하는 스스로가 어이가 없어 웃음을 내뱉었다.

6. 개과천선

녹화는 LBS 제작 센터에서 있었다. 이제는 아침 일찍 일어나는 것이 습관이 되었기에 큰 지장은 없었다. 오히려 한상진이 피곤해 보였다. 현재 YS에서는 인사 개편이 진행 중이라 인원에 여유가 없어 일단은 한상진이 전적으로 건우를 맡고 있었다. 코디도 영입 중이었는데, 외국에서 꽤 인정을 받은 스타일리스트를 영입해 온다고 한다. 때문에 코디들도 지금 긴장 상태였다.

차를 타고 제작 센터에 도착했다. A 스튜디오로 가서 기다리니 제일 먼저 분주하게 움직이는 스태프들이 보였다. 커피를 들고 있는 김태유 PD도 보였다.

"안녕하십니까, 감독님."

"오, 건우 왔구나. 일찍 왔네. 이젠 어색하지 않지?"

"네, 저번에 왔을 때만 해도 좀 어색했는데 이제는 괜찮네요."

"하하, 역시 너는 천생 배우야. 나중에 나 잊지 마라."

"제가 감독님을 어떻게 잊겠습니까?"

건우의 말에 김태유 PD는 기분 좋게 웃었다.

"조금 있다가 전체적으로 리허설할 거니까 그렇게 알고 있어."

"저번에는 안 하지 않았나요?"

"아, 그때는 시간이 너무 부족했으니까. 음, 조금 여유가 있는 만큼 더 신경 써서 진행해야지. 다 네 덕분이야. 하하하. 고인숙 작가님이 이렇게 빨리 대본을 넘겨줄 줄은 몰랐어. 네 덕분에 영감이 팍팍 왔다던데?"

김태유 PD는 건우를 복덩이라 부르며 뽀뽀까지 할 기세였다. 모처럼 웃음이 많아진 김태유 PD였다.

잠시 기다리자 주조연 배우들이 하나둘씩 모습을 드러냈다. 건우는 웃으면서 먼저 그들에게 인사했다. 예전에는 건우가 그들을 신기하게 쳐다보았는데 지금은 그들이 건우를 신기하게 바라보며 배우처럼 대하고 있었다. 참으로 기이한 현상이라 할 수 있었다.

막 도착한 최운식이 활짝 웃으며 건우의 어깨를 두드렸다.

"이야, 우리 이 스타. 술 한잔해야지?"

"그래야죠. 진희 누나가 산다면서요?"

"참치 좋아하냐? 비싼 데 갈 거다. 진희 CF 찍었다잖냐."

"오! 좋네요."

건우는 엄지를 치켜들었다. 그러자 최운식도 같이 엄지를 치켜들며 웃었다. 그런 최운식을 보니 악역이 아니라 부드럽고 선한 역할도 의외로 잘 어울릴 것 같았다.

"안녕하세요!"

진희가 도착하며 인사했다. 쾌활한 척하고 있었지만 얼굴에는 피로가 가득했다. 하지만 건우를 보더니 활짝 웃으며 빠르게 다가왔다.

"피곤해 보이네."

"으으, 잠 두 시간도 못 잤어. 촬영 갔다 왔잖아. 근데 너는 왜 이렇게 반짝거리냐! 왠지 억울해."

건우는 배우들 사이에서도 독보적이었다. 유난히 눈에 띄었다. 메이크업을 전혀 하지 않아도 피부에는 작은 홈조차 없었다. 물이 닿으면 물방울이 되어 그대로 튕겨져 나갈 것만 같았다.

"CF 촬영?"

"응, 응. 누나가 CF 퀸이잖아."

"숙취 해소 음료 CF라도 되나? 아니면 변비……?"

"야!"

진희가 건우를 두드려 팰 기세로 주먹을 쥐었다. 진희의 주먹을 잡은 건우가 그녀의 몸에 진기를 불어넣었다. 진희는 갑자기 기운이 나는 것 같아 눈을 깜빡였다. 마치 산속에 있는 것 같은 느낌에 기분이 좋아졌다.

그러나 그런 기분을 망치는 자가 있었다.

"진희 씨, 안녕하세요!"

"선배는 어디다 팔아먹었니?"

"아참, 그렇죠. 하하하."

트러블메이커인 리온이 등장했다. 비중 있는 배우들에게만 인사를 하고 조연들을 무시하는 태도가 아주 가관이었다. 건우는 그가 왜 자기 무덤을 파는지 궁금했지만 세상에는 참 많은 종류의 사람이 있다는 것을 떠올리고 그저 고개를 끄덕일 뿐이었다.

진희의 표정이 차갑게 굳어졌지만 리온은 건우만 노려보았다. 진희와 친해 보이는 건우가 대단히 못마땅한 모양이었다. 그러나 건우에게 직접적으로 말하지는 못했다. 건우와 눈이 마주치면 몸이 절로 떨렸기 때문이다.

리온은 침을 꿀꺽 삼키고는 건우를 바라보며 입을 떼었다.

"이, 인사 아, 안 하냐!"

"리온 선배님, 좋은 아침입니다."

"그, 그래, 으, 음."

"어디 불편하십니까?"

리온은 건우의 눈빛을 보더니 주춤 물러났다. 살기나 해하려는 의도가 전혀 없었음에도 겁을 먹고 있었다. 리온은 자신이 떨고 있는 걸 스스로 깨닫고 얼굴을 구겼다.

두려움을 무시하려 건우를 밀치려 했지만 꿈쩍도 하지 않자 당황해하더니 그대로 휴게실로 사라져 버렸다.

"뭐야, 괜찮아? 저 미친놈이 왜 저런대? 저 새… 흠흠."

진희가 욕을 하려다 입을 가렸다. 건우는 그 모습을 보고는 피식 웃었다.

"그, 음… 새가 예쁘네. 건우야, 대본 연습이나 하자."

진희의 말에 건우는 고개를 끄덕였다.

한동안 기다리고 있자 조연출이 다가왔다.

"리허설 시작하겠습니다!"

조연출이 그렇게 외치자 모두 스튜디오로 들어갔다.

"좀 바뀌었네."

건우가 감탄하며 말했다. 안에는 사극에 자주 등장하는 방, 실내 장소, 그리고 궁궐의 내부 등이 세팅되어 있었다. 여러 가지 실내 장면을 촬영할 수 있는 장소였다. 배우들은 아직 분장을 하지 않았기에 가지각색의 차림이었다. 짬이 좀 되는 배우는 대부분 편한 차림이었는데, 진희도 편한 차림에 파카 하나를 걸치고 있었다. 그래도 아름답게 보이는 것을 보면 배우는 배우였다.

"이런 데서 술 먹으면 좋겠다."

진희가 궁궐 내부를 보며 자그맣게 말했다. 제작비가 아주 많이 들어갔다고 하는데, 세트이기는 하지만 매우 화려한 내부를 자랑했다. 건우와 진희의 눈이 마주쳤다.

"안주로 수라상이라도 차리게?"

"그럼 좋지! 막걸리 먹고 싶다."

어느덧 입맛을 다시는 진희였다.

진희는 확실히 술이 강했다. 석준보다 술이 셌으니 말이다. 혼자 홀짝홀짝 마시다가 주량이 엄청나게 늘어났다고 하는데, 미인으로 손꼽히는 여배우답지는 않았다. 함부로 밖으로 나갈 수 없으니 그럴 만도 했지만 말이다.

리온이 제일 마지막으로 모습을 드러내자 리허설이 진행되었다. 촬영 스케줄 표에 따라 세트를 옮겨 다니면서 대사를 가볍게 주고받았다. 배우의 연기에 중점을 맞춘 것이 아니라 카메라 워크나 카메라 앵글에 대한 점검인 것 같았다. 이때 건우 앞에서 진희는 상당히 진지하게 대사를 읊었는데, 리온 앞에서 대사를 할 때와는 엄청 달랐다.

'리온이 불쌍하구만.'

건우는 진희의 싸늘한 태도에 기가 죽은 리온을 안쓰럽게 바라보았다. 건우는 리온이 과연 연기를 잘할 수 있을지 의문이 들었다.

지금 리온은 일종의 욕받이 역할을 하고 있었다. 옥에 티를 넘어 옥의 흠집이라는 소리까지 들었는데, 남자 주인공임에도 불구하고 자연스럽게 비중이 줄어드니 오히려 시청률이 상승하고 호평을 받고 있었다. 한국 드라마 역사상 전례 없는 일이기도 했다. 클리셰를 깼다는 말까지 듣고 있어 앞으로 어찌될지 배우들조차 궁금해하고 있었다.

물론 건우는 계약된 분량만 채운다는 생각을 하고 있지만 말이다.

리허설이 끝나고도 리온은 여전히 진희 주변을 어슬렁거렸고, 건우는 분장을 받으러 갔다. 처음 세트 녹화를 했을 때는 많이 헤맸지만 지금은 꽤 능숙해졌다. 진희나 리온처럼 슬리퍼를 신고 돌아다닐 정도는 아니었지만 그래도 주변의 배려를 받아 꽤 편해진 감이 있었다.

건우는 자객 복장 대신 조금은 화려한 선비 복장을 했다. 고문실로 끌려간 진희 옆에 묶여 있다가 같이 탈출하는 신이었다. 물론 주인공을 놓친 자신의 실수를 만회하고자 주인공의 정보를 얻기 위해 미리 다 계획된 것이지만 말이다.

여기에서는 완전 살벌하고 차갑던 자객단주의 모습과는 다르게 허당 기가 넘치고 어설픈 모습을 보여줘야 했다. 그 외에 세트장에서 찍을 수 있는 촬영이 빡빡하게 잡혀 있었다.

대본이 빠르게 나왔고 어느 정도 궤도에 올랐기 때문인지 그래도 저번보다 촬영장 분위기는 여유가 있었다.

'내 예전 모습을 보여주면 되겠지. 조금 과장해야겠지만……'

그런 선비의 모습은 기억을 각성하기 전의 자신과 너무 닮아 있었다. 건우는 연기에 대한 전문적인 지식은 낮았지만 그것을 모두 무마할 수 있는 옥선체화신공을 가지고 있었다.

감정을 공명시키는 것을 떠나 그 인물의 감정, 그 자체를 끌어 올릴 수 있다는 것은 치트키라 불려도 무방했다. 경지가 오를수록 더욱 자연스러워질 것이고 대성에 가까워진다면 어떻게 될지 건우로서도 궁금했다.

복장을 입으니 자객과는 전혀 다른 인상의 청년이 거울에 보였다. 건우의 분장에 상당한 공을 들였는데, 분장을 마친 진희가 와서 건우를 구경할 정도였다.

진희와 주변에 있는 배우 및 스태프들은 건우에게서 눈을 떼지 못했다. 자객 복장이었을 때는 긴 가발에 외모가 가려지는 부분이 있었는데, 선비 복장을 하니 건우의 외모가 더욱 강조되고 있었다.

확실히 건우의 외모는 점점 더 빛을 발하고 있었다. 내공이 쌓이고 옥선체화신공의 경지가 올라가니 그러한 부분이 더욱 가속되었다.

"어때? 괜찮아?"

"어? 응."

건우의 말에 진희가 멍한 표정을 애써 지우고 대답했다.

건우와 진희의 분량이 많기에 바로 촬영에 들어갔다. 리온의 날카로운 눈빛이 보였지만 누구도 신경 쓰지 않았다. 건우가 먼저 사극풍으로 만들어진 고문실에 들어가 의자에 묶였다.

"오, 건우야, 너 섹시한데? 흐으. 아마 움짤로 엄청 퍼질 것 같아."

"하, 설마……."

건우는 피식 웃을 뿐이었다. 고문실은 살벌했다. 날붙이와 인두들이 깔려 있었다. 실제로 달구지는 않고 나중에 CG를 넣는다고 한다.

여주인공을 속이기 위해 자객 부하에게 자객단주인 건우가 진희 옆에서 먼저 고문을 받아야 했다. 상처라면 여기에 있는 누구보다도 많이 입어봤을 것이다. 그때의 기억과 감정이 스며드니 벌써부터 몸이 아파왔다.

"야! 끈 좀 더 조여. 머리도 좀 산발로 만들어! 음, 그러니까,

고문신인데 너무… 음, 그래 그… 너무 인물이 살잖아!"

김태유 PD의 말에 분장팀이 달려와 건우를 난도질했다. 그럼에도 불구하고 인물이 죽지 않자 김태유 PD는 고개를 갸웃거렸지만 어쨌든 그림은 좋았다.

큐 사인이 돌자 단역배우가 다가왔다. 야외 촬영과는 다르게 여러 대의 카메라가 앵글을 동시에 잡았다. 그러나 여전히 테이크가 한 번 만에 끝나지 않는 경우도 많아 배우의 집중력이 필요했다. 건우는 집중력에 자신이 있었다. 집중력을 키우기 위해 떨어지는 낙엽을 검으로 쉴 새 없이 베는 것은 기본 수련 과정이다.

큐 사인이 떨어지자 단역배우가 인두를 들고 배역에 몰입하기 시작했다.

"끝까지 입을 다물고 있으렸다?"

"나, 나는 모르는……."

건우가 겁에 질린 표정으로 바라보자 자객은 건우의 가슴을 인두로 지졌다.

"끄아아악!"

"꺄악!"

건우가 비명을 지르자 그것을 지켜보던 진희가 동시에 비명을 질렀다. 그만큼 건우의 연기는 실감 났다. 옥선체화신공이 일으킨 감정의 공명 덕분에 주변 인물들은 건우가 진짜 고문을 받고 있는 것처럼 느꼈다. 카메라와 많은 스태프가 있었음에도 잠시나마 그것을 잊을 정도였다. 그야말로 무서운 흡입력이었다.

인두를 들고 있던 자객이 놀라 움찔하자 김태유 PD의 얼굴이 일그러졌다.

"컷! NG! 뭡니까?"

"아… 저, 죄송합니다. 노, 놀라서……."

"하아."

대단히 좋은 장면이었는데 NG가 나자 김태유 PD는 화가 난 모양이었다.

"다시 갑시다. 건우, 괜찮지? 지금처럼만 해. 아주 좋았어."

"네."

단역배우가 심호흡을 하며 긴장을 풀려고 애썼다. 건우는 단역배우의 마음이 이해가 되었다. 전생에서 그도 첫 비무를 앞두고 큰 실수를 한 적이 있었고, 현생의 그 역시 긴장으로 인해 오디션에서 매번 떨어졌다. 긴장해서 실수하면 더욱 긴장하게 되고, 그런 악순환이 이어져 결국 위축되고 마는 것이다.

중요한 자리에서 그렇게 되는 것만큼 비참한 일은 드물다. 건우는 단역배우에서 예전 자신의 모습을 보았다.

건우가 단역배우를 바라보며 입을 떼었다.

"그거 안 무거워요?"

"아… 좀 무겁네요. 하하……."

"한 손으로 들기 힘들 텐데. 운동하셨나 봐요?"

"예전에 잠깐요."

그렇게 말하며 건우는 옥선체화신공을 운용했다. 건우의 평온한 감정이 단역배우와 주변 스태프들에게 전해지며 분위기가 많이 풀어졌다.

화를 냈던 김태유 PD의 표정도 아주 편안해 보였다. 김태유 PD와 스태프들, 그리고 주변 배우들 모두가 마치 편안하게 쉬는 것 같은 느낌을 받았다.

피로가 풀리는 것까지는 아니지만 그래도 편안한 마음으로 일할 수 있을 것이다. 단역배우는 신기하다는 표정으로 건우를 바라보다가 다시 진지하게 배역에 임하기 시작했다.

촬영이 시작되었다. 건우가 옥선체화신공을 본격적으로 운영하자 주변 감정이 요동치기 시작했다. 그 감정의 공명이 개인의 감각에까지 영향을 줄 정도였다.

건우는 옥선체화신공의 운영이 조금 더 능숙해진 것을 느꼈다. 자신의 감정을 남에게 공명시키는 것이 한결 쉬워진 느낌이었다.

'공명을 넘어 감정을 불어넣을 수 있을까?'

자신이 경험한 특수한 감정들을 불어넣을 수 있을 것 같았다. 하지만 어느 정도의 영향력을 끼칠지 예상이 되지 않았다. 화경의 경지라면 정확히 알 수 있겠지만 미숙한 지금은 예측이 힘들었다. 아마 적지 않은 영향을 끼칠 수 있을 것이다.

이는 현대사회에서 범죄에 응용한다면 대책이 없을 정도로 무서운 능력이었다. 건우가 그럴 리는 없지만 말이다.

다시 촬영이 시작되었다.

"끄아아악!"

건우의 비명이 울려 퍼졌다. 감정의 공명이 더해져 건우의 고통이 생생하게 느껴졌다. 김태유 PD가 손을 꽉 쥐며 몰입할 정도였다. 건우가 전생에 느꼈던 생생한 감정이 모두에게 전해졌다.

김태유 PD의 만족스러운 표정 아래 녹화는 빠르게 진행되었다.

필사적으로 진희와 탈출하는 신을 찍고, 비를 쫄딱 맞은 것처럼 연출하고 민가 속에 숨어 있는 신을 찍었다. 숨을 죽이며 빈집에 숨어 있는데 진희가 건우를 바라보았다.

"괜찮아요? 상처 좀 봐요."

"아, 앗, 으악! 아파… 헙!"

"조용히 좀 해요."

진희가 건우의 입을 막았다. 건우는 눈동자를 굴리며 간신히 고개를 끄덕였다. 건우는 진희와 상당히 친했기에 스스럼 없는 연기를 펼칠 수 있었다. 애드립도 꽤 나왔는데, 김태유 PD는 상당히 만족해했다. 특히 지쳐서 진희가 건우의 품에서 잠드는 모습은 김태유 PD도 감탄을 내뱉을 정도였다.

"좀 더 진하게 해보자. 더 붙어봐."

김태유 PD는 감독으로서 욕심이 났는지 좀 더 과감한 연출을 시도했다. 흘딱 젖은 건우에게서 뿜어져 나오는 열기가 아련하게 느껴졌다.

진희의 얼굴은 잔뜩 붉어졌는데, 상당히 에로틱한 장면이었다. 그러다가 건우가 재채기를 하면서 떨어지는 장면으로 이어졌다.

몇 번 나누어 찍었고, 실내라고 해도 제법 추웠다. 그러나 진희는 큰 추위를 느끼지 못했다. 건우가 진기를 불어넣어 주었기 때문이다.

"컷! 좋아!"

김태유 PD가 손짓하자 막내들이 수건을 가지고 와 건우와 진희에게 건네주었다.

다른 신을 찍을 동안 몸을 충분히 녹일 시간이 주어졌다. 건우와 진희는 옷을 갈아입은 다음 대기실에 있지 않고 세트장에서 현장을 바라보았다.

리온이 도박판에서 돈을 쓸어 담으며 재력을 키우는 장면이었다. 대본상으로 본다면 밀고 당기는 긴장감이 일품인 장면이었다.

"자자, 어느 쪽에 거시겠소?"

"짜, 짝이오."

리온이 대사를 더듬자 바로 NG 사인이 나왔다.

"아, 죄송합니다. 좀 추워서요. 하하하."

"좀 더 능글맞게 해야 해. 발음 주의하고."

"네, 그 정도야 뭐……."

건우의 귀에 김태유 PD의 한숨이 들려왔다. 딱 봐도 장기전이 예상되었다. 그걸 바라보던 진희가 건우를 올려다보았다.

"이거, 나랑 너랑 이어지는 게 더 좋지 않을까?"

"난 다음 화에서 하차하는데? 벌써 떡밥을 깔고 있잖아. 이번에 찍고 야외 촬영하면 끝이야."

"그건 그런데… 좀 그렇네."

"뭐, 잘해봐."

건우의 말에 진희가 리온을 바라보다가 건우를 다시 바라보았다. 그러더니 한숨을 내쉬었다.

"나, 눈이 너무 높아졌어."

"무슨 말이야?"

"아마 다음 주면 난리 날 것 같은데……."

진희의 표정은 사뭇 심각했다. 그도 그럴 것이 건우를 보다가 리온을 보니 도저히 연예인으로 보이지 않았다. 리온만 보면 그래도 인기 있게 생겼구나 했을 테지만 건우를 보다 보면 리온이 너무나 밍밍해 보였다.

거기에 둘이 같이 있는 모습을 볼 때면 리온은 아무 말을 안 해도 찌질함이 느껴지기까지 했다.

'더 나아지기를 기대하기는 어렵고……'

현장에서 직접 극을 이끌어가는 여주인공인 진희가 그런 생각을 할 정도인데, 시청자들은 어떨까? 김태유 PD나 관계자들은 건우가 아주 화려하게 죽고 난 다음 그 화제성과 영향력을 리온이 이어받았으면 했겠지만 과연 그게 될지 의문이었다. 그런 이유가 김태유 PD의 얼굴을 굳게 만든 것 중 하나일 것이다.

진희는 제작진 측에서 어떤 결단을 내리지 않을까 기대하고 있었다.

건우는 심각해진 진희의 표정에 고개를 갸웃거릴 뿐이었다.

"인상 풀어. 주름진다."

건우가 장난스럽게 말했지만 진희는 건우를 바라보다가 다시 한숨을 내쉬었다. 건우는 그냥 피식 웃고는 리온 쪽으로 고개를 돌렸다.

NG가 계속 나 잠시 휴식하고 있었는데, 리온은 괜히 연출팀 막내에게 이런저런 이야기를 하며 은근히 화풀이하고 있었다.

'한번 시험해 볼까?'

리온에게 옥선체화신공을 시험해 보기로 했다. 감정을 공명시키는 것보다 더 상위 단계인 감정을 불어넣어 보려고 한 것이다.

공명은 기본적으로 공감의 틀을 벗어나지 않지만 감정을 불어넣는 것은 스스로가 주체가 되어 행동 양식에까지 영향을 주는 것이었다. 크게 비약하자면 간접 체험과 직접 체험 정도의 차이라고 볼 수 있었다.

'기분이 좀 나아지면 괜찮아지려나.'

리온의 기분이 나아지면 연기력도 올라가지 않을까 싶었다. 다시 녹화가 시작될 때 건우는 눈을 감고 옥선체화신공을 전력으로 끌어 올렸다. 모든 내공을 다 써야 감정을 불어넣을 수 있었다. 아니, 그래도 살짝 부족한 감이 있지만 깨달음으로 어떻게든 극복이 가능할 것 같았다.

'즐거움… 행복함……'

즐거움과 행복한 감정을 떠올려 보았다. 그런 감정이 소용돌이치며 내력에 섞여 들어갔다. 그 기운이 리온을 향해 뻗어 갔다. 공명과는 다르게 내기의 움직임은 상당히 느렸다. 눈에 보이지는 않았지만 마치 액체처럼 찐득하고 접착제처럼 끈적끈적한 기운이었다.

리온이 막 연기에 들어가려고 할 때 끈적한 기운이 리온에

닿았다. 그것은 리온에 닿자마자 전신으로 퍼져가며 그를 완전히 삼켜 버렸다.

"어, 어? 아… 아아!"

리온이 갑자기 휘청이더니 눈이 뒤집어졌다. 입에서 침이 줄줄 흘렀고 갑자기 실성한 듯이 웃기 시작했다. 그러곤 바닥에 눕더니 몸을 부르르 떨었다.

"뭐, 뭐야!"

"꺄아아악!"

딱 봐도 정상적이지 않은 모습에 촬영장은 순식간에 아수라장이 되었다. 건우는 아차 싶어 제일 먼저 리온에게 달려갔다.

리온의 전신에 퍼진 기운이 리온의 신체를 지배하고 있었다. 리온은 지금 극도의 행복을 느껴 실신한 상태였다.

건우는 리온의 내부를 살펴보고는 안도했다. 딱히 몸에 안 좋은 작용을 하는 것은 없었다. 오히려 긍정적인 효과로 몸 안에 있던 썩은 기운들이 정화되어 건강은 더 좋아졌을 것이다. 그러나 외적으로는 조금 심각했다. 너무나 큰 황홀감에 부들부들 떠는 모습은 추하기까지 했다. 리온을 지배하던 기운이 다시 건우에게 빨려 들어왔다. 더욱 큰 기운이 되어 건우에게 전해지고 있는 것이다.

'이런 연공 방법도 있었군.'

하지만 컨트롤이 자유로워질 때까지는 하지 않는 것이 좋을 것 같았다. 공명과 같이 쓴다면 그 시너지가 엄청나겠지만 지금 단계에서는 너무나 위험했다.

건우의 주변으로 김태유 PD와 진희, 그리고 다른 스태프들이 몰려왔다. 건우가 몸을 주무르자 리온이 다시 정신을 차렸다. 리온은 아직도 행복에 취해 헤헤거리며 웃을 뿐이었다.

"마약이라도 한 거 아냐?"

"요즘 그런 소문이 돌긴 하던데……."

"아무래도 그렇지?"

스태프들이 쑥덕거리는 소리가 들렸다. 김태유 PD가 노련하게 상황을 수습했다. 김태유 PD뿐만 아니라 모두가 건우를 칭찬했다. 누가 보더라도 건우가 응급처치로 리온을 구한 것처럼 보였다.

촬영장에서 리온이 건우를 종종 괴롭힌 것은 많은 이들이 알고 있었다. 만만한 상대에 대한 리온의 괴롭힘은 이미 소문이 난 상황이었다. 그런데 건우는 그런 리온에게 제일 먼저 달려가 응급처치를 해주고 딱 보기에도 대단히 위험한 위기 상황을 넘기게 해준 것이다.

건우는 그런 상황을 알 리 없었고 단지 리온에게 미안해 조금 더 챙겨주었다. 위력을 예상하지 못한 안일한 결과였기에 자책하는 바가 있었다. 옥선체화신공의 위력을 너무 과소평가

한 것이 컸다.

"하하하하! 왜 이렇게 좋지? 하하하! 사랑합니다!"

미친 듯이 웃기 시작하는 리온을 보며 반성의 시간을 가진 건우였다.

진희는 짜증이 났다. 리온 때문에 연기의 리듬이 깨졌을뿐더러 리온이 잠시 응급실에 다녀오고 스케줄 표에 변동이 있었기 때문이다. 뭔가 넋이 나간 것 같은 리온은 제대로 연기를 펼치지 못해 돌아온 후에도 다시 스케줄을 변경해야만 했다.

이럴 때일수록 김태유 PD의 임기응변이 빛나야 했는데, 이런 경험이 한두 번이 아닌지 김태유 PD는 아주 차분하게 대응했다.

임팩트 있는 장면을 못 찍기는 했지만 그래도 리온의 분량을 어느 정도 채운 것이 천만다행이었다.

하지만 리온이 주인공으로서 완벽하게 환골탈태한 각성 장면이나, 자신의 능력을 발휘하는 부분에서 임팩트는 떨어질수밖에 없었다. 그래도 진희는 건우와의 신을 더 중점적으로 찍을 수 있어 조금은 만족하고 있었다.

사전 제작 드라마가 아닌 이상 연출과 내용이 달라지는 것은 늘 있는 일이었다. 진희는 여러 드라마를 찍어봤기에 잘 알고 있었다.

녹화 일정이 마무리되는 시점이었다. 진희는 반쯤 식은 커피를 들고 스튜디오 밖으로 나왔다. 커피는 최운식이 돌린 것이었는데, 가끔 최운식은 이렇게 스태프들을 챙겼다.

건우는 창가에 기대어 커피를 마시고 있었는데, 마치 CF를 보는 것 같이 느껴졌다. 저런 장면이 광고로 쓰인다면 매출이 엄청나게 오를 것 같았다.

건우에게 적극적으로 다가가고 싶기는 했지만 왠지 연예인을 보는 것 같은 느낌에 그 자리에 머물고 있었다. 그렇게 생각하고 있는 그녀는 아이러니하게도 대한민국에서 미인으로 손꼽히는 여배우 중 하나였다.

진희가 상념을 털어내고 건우에게 다가가려 할 때였다.

"세상이 이렇게 아름다운데… 하하……."

리온의 목소리가 들려왔다.

그는 복도에 있는 의자에 앉아 반쯤 넋을 잃고 그렇게 멍하니 중얼거리고 있었다.

'그러고 보니 스케줄을 전부 취소했다고 했지?'

저녁에 지방 공연이 있었는데, 리온이 여기에서 멍하니 있는 걸 보면 취소된 것이 분명했다.

아마 잠시 후면 기사로 뜰 것이다. 건강상의 문제로 돌릴 것이 뻔했다. 리온이 속해 있는 소속사는 언론 플레이를 즐겨 사용했다. 워낙 그쪽 인맥이 탁월한 것도 한몫했다. 노예 계약이니 뭐니 욕은 먹고 있지만 그래도 시장 영향력이 막대해 3대 기획사 중 하나로 꼽히고 있었다.

'뭐 하는 거지?'

리온 옆에서 매니저가 시계를 보며 한숨을 내쉬고 있지만 리온은 움직일 생각을 하지 않았다. 보다 못한 매니저가 한숨을 내쉬며 사라졌다.

진희는 리온의 얼굴을 보고 흠칫했다. 그새 10년은 늙은 것 같은, 마치 해탈한 현자가 된 것 같은 모습이었기 때문이다. 진희는 리온을 무시하며 건우에게 다시 고개를 돌렸지만 이미 건우는 사라지고 없었다.

'오늘 스케줄 없다고 했는데……'

진희는 한숨을 내쉬었다. 건우는 톡을 보내도 거의 보지 않았고, 먼저 전화를 하기에는 조금 부끄러웠다. 자연스럽게 리온을 원망스러운 눈으로 바라보게 되자 리온의 시선과 마주치게 되었다.

리온이 자리에서 일어나 진희에게 다가왔다. 진희는 절로 인상이 찡그려졌다. 치근덕거릴 것이 뻔했기 때문이다.

"김진희 선배님, 그동안 죄송했습니다."

"어?"

리온이 고개를 숙이며 사과했다. 진희는 눈을 깜빡이며 그 모습을 바라볼 수밖에 없었다. 리온은 자존심이 무척 센 고

집불통이었다. 그래도 재능이 있어 구설수가 있음에도 인기가 많았다. 이번 드라마를 촬영하면서도 버르장머리 없는 행동을 계속했는데, 이렇게 사과를 해올 줄은 몰랐다.

"뭐야, 갑자기."

"저는… 참으로 어리석었습니다. 잠깐의 즐거움과 쾌락에 빠져서 여러 사람들을 피곤하게 만들었습니다. 선배님과 잘되고 싶어서 접근한 건 사실입니다."

"응? 그, 그래?"

"그러나 오늘 저는 달라졌습니다. 그 아름다운 빛과 극락… 그 아름다운 오로라를 보았기 때문입니다. 그동안의 제가 부끄러워 쥐구멍에라도 숨고 싶은 심정입니다."

진희는 진지하게 이상한 헛소리를 하는 리온의 모습에 움찔하며 뒤로 물러났다. 주변을 돌아보니 스태프들이 기웃거리며 리온을 이상한 눈으로 보고 있었다.

"그, 그럼 건우에게도 사과해."

"당연하지요! 지금 당장 하고 싶습니다!"

"에?"

진희는 예상을 벗어나는 리온의 대답에 당황했다. 리온은 반짝이는 눈동자로 스마트폰을 꺼내 진희에게 보여주었다.

"건우 팬카페?"

진희의 물음에 리온은 엄청 진지한 표정으로 고개를 끄덕였다. 그 후부터 리온은 건우에게 엄청난 영감을 받았다는 둥, 은혜를 입었다는 둥 이상한 소리를 해댔다. 리온은 밉상이기는 해도 작사, 작곡 실력이 출중해 음원 수입이 상당했는데, 바로 즉석에서 허밍까지 하며 건우로부터 받은 영감을 자랑했다.

진희는 안중에도 없다는 듯한 눈빛이었다. 욕망이 들끓던 눈빛이 아니라 마치 자신을 돌 보듯 하고 있었다. 진희는 갑자기 왠지 억울한 기분이 되었다.

"정말 건우 후배님께는 많은 실례를 한 것 같습니다."

"저기, 너 정말 괜찮아?"

"네, 아주 좋아요. 하하하! 이보다 더 좋을 수는 없습니다. 하하하하하!"

리온이 시원하게 웃었다. 하얀 이가 드러나는 꽤 시원한 미소였다. 예전의 그런 비열하고 찌질한 모습과는 차이가 있었다. 진짜 무언가 득도한 모습 같았다. 진희는 혼란스러운 생각을 감출 수 없었다. 정말 리온이 마약을 하는 것일지도 모른다고 생각했다.

"앗! FD님!"

"네?"

"죄송합니다."

리온은 그 후부터 스태프들에게 모두 찾아가 머리를 조아렸다. 한번 기절하고 나더니 개과천선한 것이다. 완전히 다른 사람이 된 것 같았다.

'아름다운 오로라? 극락?'

리온이 분명 그렇게 말했다. 도대체 어떤 경험을 하면 저렇게 변하게 되는 것일까? 진희는 진지하게 리온이 마약을 한 것이 아닐까 하고 의심했다.

진희는 고개를 갸웃하며 리온을 바라보다가 스마트폰을 꺼냈다.

유명 포털 사이트인 다이버 카페에서 이건우를 검색했다. 그러니 최근에 개설된 공식 팬카페가 나왔다. YS는 보통 이런 쪽에는 신경 쓰지 않았지만 드물게도 YS에서 운영하는 팬카페였다.

'벌써 3만 명이 넘어가네?'

톱스타들의 팬카페는 보통 10만 명이 넘어갔지만 그만큼 역사가 길었다. 건우의 팬카페가 생긴 지는 겨우 일주일 정도 되었을 뿐이지만 이 정도 성장 속도라면 앞으로 어떤 규모로 자라날지 짐작이 되지 않았다.

카페 메인에는 건우의 사진이 있었는데, 자객 복장을 하고 있는 대단히 살벌한 모습이었다. 보고 있는 것만으로도 무언가 두렵고도 짜릿한 감정이 올라왔다. 진희는 잠시 동안 가만히 바라보다가 결국 카페에 가입했다.

"멍하니 뭐 해?"

"꺄악!"

건우가 뒤에서 나타나자 진희가 비명을 지르며 스마트폰을 떨어뜨렸다. 건우가 빠르게 손을 뻗어 스마트폰을 잡았다. 서둘러 스마트폰을 건우의 손에서 회수한 진희가 건우를 바라보며 어색하게 웃어 보였다.

"아, 안 갔네?"

"이제 갈라고."

"그, 음, 리온 봤지?"

"아… 응."

진희의 말에 건우는 살짝 움찔하다 어색한 미소를 지으며 고개를 끄덕였다.

방금 리온을 만났는데, 갑자기 '후배님'하면서 샤방샤방한 미소를 날렸기 때문이다. 연신 죄송하다고 사죄를 하면서 구명지은을 입은 것처럼 행동했는데, 그의 기억 속에 남아 있던 사파의 고수가 그런 행동을 하니 절로 소름이 끼쳤다.

'사파라기보다는… 마교의 신도를 보는 것 같았지.'

천마지존을 따르는 광신도를 보는 것 같아 무언가 잘못되어 가고 있음을 직감한 건우였다. 그래도 좋게 생각해 보면 이번 일 때문에 리온의 이미지가 좋아지고 앞날이 더 밝아질 수도 있으니 리온에게 있어서도 손해는 아닐 것이다.

건우는 침을 삼키며 고개를 끄덕였다. 그러고 보니 어떤 기억이 떠오르는 것 같기도 했다.

얼굴이 잘 생각나지는 않지만 어떤 여자가 나타날 때면 주변에 광신도들이 환호를 지르거나 돈을 바치는 등의 행위를 했다. 그때 건우는 정파의 무인으로서 그걸 참지 못해 개입하고 그랬다. 떠오른 기억만 보자면 분명 불쾌했을 상황이었지만 기이하게도 달달하고 행복한 감정이 느껴졌다.

아무튼, 이 수법은 당분간 봉인해 놓는 것이 좋을 것 같았다. 너무 파괴력이 큰 수법이었다. 사술의 극의라고 볼 수 있는 섭혼술의 위력과 맞먹을 것 같기도 했다. 재미있는 것은 섭혼술과는 다르게 긍정적인 부분도 있다는 점이다. 그래서 옥선체화신공이 애매하다는 것이었다.

"후배님!"

리온의 외침이 들려왔다. 건우와 진희의 고개가 동시에 돌아갔다. 리온이 활짝 웃으며 달려오고 있었는데 주위에 꽃이 만발한 것 같은 착각이 들었다.

진희는 그 모습에 굳어져 버렸고 건우는 그답지 않게 주춤 뒤로 물러났다. 마치 사파의 고수에게 정신 공격을 당한 것 같은 느낌이 들었다.

리온은 무언가가 잔뜩 든 종이 팩을 들고 왔는데, 급하게 왔는지 땀범벅이었다. 상쾌한 미소를 날리며 건우에게 다가온 리온에게 진희는 관심 밖이었다. 덕분에 진희는 소외된 느낌을 받아야 했다.

"하하하! 이거, 받아주세요."

"이건……?"

"저희 정규 앨범입니다. 그리고 같은 소속사 가수들의 앨범들도 넣어놓았습니다!"

"아… 감사합니다."

묵직한 종이 팩이었다.

슬쩍 살펴보니 앨범뿐만 아니라 브로마이드와 각종 상품까지 들어 있었다. 리온이 최근에 CF를 찍었던 회사의 남성용 화장품들도 가득했다. 건우는 어쩐지 반짝이는 리온의 눈이 두렵게 느껴졌다.

'전생의 업보인가?'

어쨌든 자신이 죽이기는 했으니 말이다. 리온은 같이 사진을 찍자며 정중히 부탁해 왔다. 건우는 선배의 부탁이니 거절할 명분이 없어 고개를 끄덕였다.

그때 진희도 은근히 끼어들려고 했다.

"죄송합니다, 선배님. 둘이 먼저 찍었으면 합니다. 양해 부탁드립니다."

"아… 웅, 그, 그래."

아주 정중히 고개까지 숙이며 말하는 리온의 모습에 진희는 벙쪄서 그렇게 대답할 수밖에 없었다. 진희는 이게 현실인 지 꿈인지 분간을 못하는 지경에 이르렀다.

건우와 리온이 같이 사진을 찍었다. 건우의 외모가 워낙 독 보적이라 리온의 외모가 대단히 많이 죽었지만 리온은 그게 오히려 마음에 드는 듯한 모습이었다.

"하하하, 고마워요."

"아, 네."

"콘서트가 곧 있을 건데 VIP 좌석으로 보내 드릴게요."

"아… 감사합니다."

건우가 혼이 빠진 것처럼 대답하자 리온은 상큼한 미소를 짓고는 작별을 고했다. 그 뒷모습은 너무나 가벼워 보였다.

"……."

"……."

건우와 진희는 한동안 말이 없었다. 둘은 넋이 나간 표정으 로 리온의 뒷모습을 응시하다가 서로를 바라보았다.

"운식 형님이 부르는데, 막걸리 먹을래?"

"어, 응."

건우의 말에 진희가 고개를 끄덕였다.

저녁 스케줄이 없는 걸 귀신같이 확인한 최운식의 소집령 이 내려졌다. 어떻게 알았는지 애플톡을 보낸 리온을 확인한 순간 건우는 왠지 술이 먹고 싶었다.

"하아."

차라리 전처럼 자신을 싫어했으면 마음이 편할 것 같았다.

*　　　　*　　　　*

달빛 호수의 인기는 절정을 찍고 있었다. 건우가 본격적으로 등장한 월요일을 기점으로 화요일에는 시청률이 23%까지 도달했다. 이 기세대로라면 30%에 이르는 것도 기대할 만하다는 관계자들의 의견이 나오고 있는 상황이었다.

달빛 호수가 화제가 될수록 갑자기 혜성처럼 나타난 신인 배우 이건우에 대한 관심 또한 집중되고 있었다. 그러다가 YS에 들어가게 된 비화가 은근슬쩍 나왔는데, 처음에는 병원 관계자, 그리고 그날 사건을 보았던 목격자 진술을 토대로 돌아다녔던 '썰'이었지만 YS에서 공식적으로 인정하는 발언을 해 순식간에 기사로 나갔다.

익명의 병원 관계자는 그 당시 건우의 상태가 심각하게 좋지 않아 생명의 위기까지 왔었다고 기자에게 흘렸는데, 물론 많이 과장된 부분이 있었다. 하지만 사고 차량의 현장 사진까지 나오게 되자 오히려 '썰'에 대한 신빙성은 더욱 높아졌다.

"오……."

421번째로 공식 팬카페에 가입한 열혈 회원 정유나는 진양예술고등학교에 재학 중인 17살의 여학생이었다.

그녀는 이미 건우가 나온 달빛 호수의 방영분을 열 번도 더 넘게 돌려보았다. 중간중간 스킵하기는 했지만 건우의 모습만큼은 계속 집중해서 보았다.

기이하게도 볼 때마다 새로운 느낌이었다. 처음에는 대단히 살벌한 모습에 소름끼치게 무섭다가도 그 다음에는 심장이 조마조마해지면서 빨려 들어가고, 결국에는 화면에 모든 정신이 흡입되어 넋을 잃고 마는 것이다.

미튜브에도 하나둘씩 리액션 영상이 업로드되고 있었는데, 반응이 예사롭지 않았다.

리액션 동영상은 한국은 물론 외국인들도 즐겨 찍는 유행이라고 할 수 있었다. 그저 자신이 특정한 영상을 보고 리액션하는 걸 찍는 것이 전부였지만 의외로 폭발적인 조회 수를 기록하고는 했다. 물론 유나는 친구들과 함께 촬영해서 미튜브에 올린 지 오래였다.

유나는 지역 명물인 분식집으로 거의 출퇴근하다시피 찾아갔고 그 노력에 하늘이 감동했는지 운이 좋게 건우와 사진도 찍고 사인까지 받았다.

아침 일찍 나오면 가끔 운동 후 집으로 돌아가는 건우를 볼 수 있다고 해서 요즘 일찍 등교하는 학생들이 많아지고 있는 기이한 현상이 일어나고 있었다. 무언가 냄새를 맡은 디스

저널의 기자들까지 건우의 집 근처에 대기하고 있을 정도였다.

"흐……."

유나는 팬카페에 사진을 올렸다. 다만 자신의 얼굴을 모자이크하는 것은 잊지 않았다. SNS에 올리는 것은 부담이 되어 일단 팬카페에 먼저 올린 것이다. 그리고 받은 사인도 인증했는데 순식간에 댓글이 달렸다.

제목: 인증샷 올립니다.
작성자: 슬픈찐빵
자비로움…….
[사진 첨부1]
[사진 첨부2]
댓글 103개

여요정: 대박ㅋㅋㅋㅋ.
가낭: 비주얼 깡패네ㅋㅋㅋㅋ.
젊은생강: 사스가 오징어 제조기…….
고등어: 근데 담주에 하차한다는데 진짜임?
─RE: 드리밍: 루머일듯. 왜 하차요.
─RE: 스테판: (기사 링크)

댓글 중에 눈에 확 들어오는 댓글이 있었다. 바로 이건우 하차 소식이었다. 달빛 호수에 들어간 지 4회 만에 하차한다는 루머가 돌고 있었는데, 청천벽력 같은 소리에 유나는 재빨리 링크를 타고 들어가 내용을 확인했다. 익명 게시판에 올라온 내용이었는데, 자신을 달빛 호수의 관계자라고 밝힌 이가 이건우가 다음 주 화요일을 끝으로 하차한다는 내용을 적은 게시물이었다.

그 글을 보고 '설마 그럴 리가 있겠어' 했지만 다이버 포털 검색어에 이건우 하차라는 검색어가 뜨자 유나는 사태의 심각성을 인지했다.

"뭐야, 왜? 왜 갑자기? 미친 거 아니야?"

유나는 도저히 이해할 수 없었다. 드라마를 몇 번이고 되돌려 봐도 달빛 호수의 주인공은 이건우였다.

리온이 중심인물로 나온 적이 있기는 했지만 고인숙 작가의 떡밥이라는 설이 지배적이었다. 유나도 그런 분석을 철석같이 믿고 있었다.

고인숙 작가의 데뷔작은 기존 드라마 스토리의 틀을 깼다며 아직도 호평을 받고 있으니 이번 작품에서도 앞으로의 전개가 기대된다는 평이 대부분이었다.

유나는 다급히 LBC 시청자 게시판에 들어갔다. 그녀의 예상대로 루머에 대해 우려하는 글이 잔뜩 올라와 있었다. 대부분 그저 루머일 뿐이라 치부하고 있지만 만약 사실이 된다면 엄청난 욕을 퍼부을 기세였다.

이미 사태는 심각해 보였다.

제작진이 사태를 파악하고 공식 입장을 내놓겠다는 공지가 올라오기는 했다. 겨우 배우 하나가 하차하는 것일 뿐이지만 반응은 너무 격렬했다. 그도 그럴 것이 달빛 호수를 보며 받은, 그 속에 있는 듯한 경험은 정말 매력적인 것이었다. 콘서트장에서 직접 라이브로 보는 것 같은 기분이 들었다.

모든 것은 건우가 등장한 후에 발생한 일이었는데, 마치 마약과도 같아 시청자들은 이를 두고 마약 호수라 부르기도 했다.

"설마… 아니겠지."

유나 역시 다음 주를 바라보며 하루하루를 버티고 있는 상황이라 마른하늘에 날벼락 같은 소식이 아닐 수 없었다. 리온의 페이스클럽에 들어가 보니 사진을 올린 것이 보였다.

[리온]

건우 후배님과 즐겁게 녹화했습니다. 쭉 계속 마무리까지 함께 고고!

[사진 첨부]

#나만 오징어

#오징어 메이커

[좋아요 1.2만] [댓글 1,030개] [공유 1,232회]

건우와 다정하게 서 있는 모습이었다. 건우는 살짝 미소 짓고 있었고 그 옆에 리온이 환하게 웃으며 서 있었는데 꽤 다정해 보였다. 하지만 잘생긴 아이돌로 손꼽히고 그룹 내에서도 최고의 비주얼을 자랑하는 리온이 일반인처럼 보였다.

건우의 비주얼이 지나치게 이기적인 탓이었다.

건우의 부스스한 머리카락과 살짝 올라간 입꼬리가 어울려 대단히 섹시해 보였다. 그냥 핸드폰 셀카임에도 불구하고 절로 빨려 들어갈 것만 같았다. 유나는 멍하니 잠시 사진을 바라보다가 바로 저장했다.

'리온도 저렇게 말하는데, 그럴 리 없겠지?'

그래도 유나는 혹시나 하는 생각에 시험을 볼 때보다 더 조마조마한 심정으로 기사가 뜨기를 기다리기 시작했다.

*   *   *

건우는 제법 한가했다. 야외 촬영만을 남겨두고 있었는데, 그것도 며칠 뒤였다. 내일은 YS에서 건우의 환영 모임이 있다고 한다. 연습생이 들어올 때는 하지 않지만 연습생이 승격하여 신인이 되거나, 데뷔한 가수나 배우가 YS로 오면 늘 하는 행사였다. 건우는 후자에 해당되었다. YS에 들어오기 전에 데뷔라고 부르기는 뭐한, 그런 데뷔를 하기는 했으니 말이다.

석준은 환영 모임 후에 들어온 제의에 대해서 이야기를 나눠보자 했다. 예능 섭외는 물론 CF도 들어온 모양이었는데, 석준은 건우가 신비주의로 갔으면 했다. 어정쩡한 CF는 거절하고 예능도 당분간은 출연하지 않는 방향으로 가자는 것이다.

'몸값을 올린다고 했던가?'

건우는 무슨 의미인지는 잘 몰랐지만 석준이 자신에게 맡기라고 했으니 그를 전적으로 믿었다. 전생의 석준은 꽤 머리가 비상했고, 현생에서도 마찬가지인 것 같았다.

"모니터링해 볼까?"

건우는 자신이 나온 드라마를 보지는 않았다. 뭔가 대단히 오글거리고 어색할 것 같았기 때문이다. 스마트폰으로 볼 수 있는 방법이 있었지만 건우는 피식 웃고 그만두었다. 그걸 보면 왠지 손발이 오글거려 잠을 제대로 자지 못할 것 같았다. 생각해 보면 대사도 상당히 오글거렸다. 그런데 그게 또 잘 먹힌다고 한다.

건우가 이해할 수 없는 영역이었다. 무공보다 훨씬 어려운 것이 세상이었다.

"집을 서울로 옮기기는 해야 할 것 같은데……."

석준이 남는 집이 있다고 그리로 오라 제의하기는 했다. 이제 건우가 어머니 가게로 가서 돕는 것도 방해만 될 뿐이었다. 건우의 어머니는 잘되었다며 웃었지만 역시 자식과 떨어지는 것이 마음 아프지 않을 수는 없었다.

'돈을 벌면… 좋은 집을 꼭 해드려야겠어. 힘드실 텐데 가게도 그만두셨으면 하고……'

건우에게 어머니는 제일 우선순위였다. 호강시켜 드리고 싶었다. 전생에서의 업보를 떠나 순수한 마음에서 꼭 그러고 싶었다. 그 외에 목표가 있다면 옥선체화신공을 끝까지 연마해서 대성해 보고 싶었다. 연기라는 것을 통해서 가능성을 봤으니 전생에서의 경지를 되찾는 것도 어쩌면 꿈은 아닐지도 몰랐다.

목표가 있는 것은 좋은 것이다. 동기를 부여할 수 있고 후에 목표를 이루면 더 큰 목표를 설정할 수 있다.

전생에서처럼 무공만을 보고 달려가는 것이 아니라 무언가 더 가치 있는 것을 손에 넣고 싶었다.

'욕심이겠지만 사람은 원래 욕심이 많지.'

건우는 피식 웃으며 침대에 앉았다. 오랜만에 책상 옆에 기대어져 있는 기타를 잡았다. 저렴한 기타이기는 하지만 그래도 가성비가 좋기로 소문난 제품이었다.

중학교 때부터 기타를 잡았지만 늘 손이 따라주지 않았다. 노래도 어정쩡하고 연주 실력도 어정쩡하니 그 당시의 건우의 기타 라이브는 차라리 소음에 가까웠다.

'음공을 알기는 하는데……'

이제 내력도 어느 정도 따라주니 옥선체화신공의 묘리로 음공을 써보는 것도 재미있을 것 같았다. 기타를 잡아 조율해 봤다. 손끝에서 느껴지는 감각은 예전과는 확실히 달랐다. 발달된 감각과 비약적으로 올라간 반사 신경, 그리고 확장된 의식은 예전의 자신이 하찮게 느껴질 정도였다.

예전에 연습했던 곡을 쳐보았다.

'오……'

생각보다 훨씬 쉽게 느껴졌다. 어색한 부분은 있었지만 어렵다고 느껴지지는 않았다. 건우는 신기한 듯 기타를 바라보다가 머릿속에 떠오른 것들을 쳐보았다. 머릿속에 있던 것이 손가락으로 구현되는 감각은 건우에게 또 다른 신비를 느끼게 해주었다.

'재밌는데?'

잘만 사용한다면 옥선체화신공의 효력을 발휘할 수 있을 것 같았다. 그냥 노래를 부르는 것보다 훨씬 좋은 효과를 기대할 수 있을 것이다.

'그러고 보니 음공을 쓰는 고수와 싸운 적도 있었는데…….'

악기 줄을 튕길 때마다 뿜어져 나오는 강기는 대단히 위력적이었다. 건우는 창문 밖을 바라보았다. 마침 함박눈이 펄펄 오고 있는 상황이었다. 건우는 기타를 바라보다가 씨익 웃고는 창문을 열었다.

기타를 눕혀서 허벅지 위에 올려놓았다. 중학교 때 홍콩 영화를 보고 따라해 본 적이 있는 자세였는데 조금 우스꽝스럽기는 했지만 건우의 눈빛은 진지했다.

"후우."

호흡을 가다듬고 창문 밖을 보며 내력을 끌어 올렸다. 내력을 담아 손가락을 튕겨보았다.

휘익!

건우의 손이 기타 줄을 튕김과 동시에 하얗게 떨어져 내리는 함박눈들이 갈라졌다. 그저 눈의 진로를 방해하는 데 그쳤지만 꽤 신비한 광경이었다. 기타 줄에서 나오는 소리도 상당히 신비했다. 중후한 울림이 생기면서 주변을 울렸다.

눈이 크게 퍼져 나가며 춤을 췄다. 건우는 내력을 담아 손가락을 한 번 더 튕겼다.

퍼엉!

기타 줄이 끊겨 버리며 내력이 뿜어져 나갔다. 바닥에 쌓인 눈들이 터져 나가며 하늘로 치솟았다. 바닥을 바라보니 꽃 모양으로 자국이 새겨져 있었다.

"어렵구만."

역시 음공의 고수처럼 사용하기에는 무리가 있었다. 검풍마저 자유롭게 쓰지 못하고 있으니 당연한 것이었다. 만류귀종이라는 말이 있기는 하지만 그건 화경을 넘어 현경 그 이상으로 가야만 통하는 묘리다.

건우가 줄이 끊어진 기타를 보며 고개를 설레 저었다. 그냥 얌전하게 연주 연습이나 할 걸 하는 후회가 들었지만 이미 지난 일이었다.

건우가 기타를 내려놓을 때였다. 스마트폰에서 벨이 울렸다.

'석준이 형?'

석준과는 애플톡으로 이야기를 많이 하는 편이고, 아무래도 대표이다 보니 시간도 안 맞고 해서 전화는 잘 하지 않는 편이었다. 석준도 건우가 잘 쉴 수 있게 배려해 주는 부분이 있었다.

'내일 모임 때문인가?'

건우는 고개를 갸웃하다가 전화를 받았다.

"예, 형."

─쉬고 있었냐?

"오랜만에 기타 연습 좀 했어요."

─오, 기타도 칠 줄 알아?

"하하……."

석준의 목소리는 밝아 보였다. 무언가 좋은 일이 있는 모양이었다.

─기사는 봤냐?

"어떤 거요?"

─뭐… 네가 그렇지.

예전에는 SNS도 하고 포털 사이트들을 들락날락했지만 요즘은 아니었다. 스마트폰을 들여다볼 시간에 무공을 연구하거나 명상을 하는 편이 더 좋았다. 실제로 오늘도 옥선체화신공과 음공이 꽤 잘 어울린다는 것을 발견했으니 말이다.

─너 때문에 지금 아주 난리 났다. 아, 그렇다고 네가 문제 있다는 말은 아니야. 아무튼… 너 조금 더 출연할 수 있겠냐?

"달빛 호수에요? 더 연장하면 좋죠. 돈도 벌고… 일도 꽤 재미있고요."

계약한 건우의 출연료는 그다지 높은 편은 아니었다. 배우들의 등급은 18등급으로 나누어져 있는데 18등급이 가장 낮은 등급이었다. 18등급은 보통 회당으로 받는 것이 아니라 촬영이 있을 때만 출연료를 받았다.

15에서 18등급은 보통 10만 원에서 20만 원 선이었다. 가장 높은 등급이라도 방송사에서 지급하는 월급 형태의 돈이라면 몇백만 원까지는 가지 않지만 여기에 드라마 제작사가 끼면 이야기가 달라졌다. 톱스타들을 영입하기 위해 회당 천만 원이니 그 이상이니 하는 이야기가 나오는 것이었다.

건우는 화제성과 YS의 능력으로 회당 100만 원 정도를 받았는데 보조 출연으로 출발한 것이라고는 믿을 수 없는 금액이었다. 달빛 호수의 출연료는 YS에서 수익 분배를 하지 않고 건우에게 모두 주기로 했으니 건우 입장에서는 무조건 출연하는 것이 좋았다.

―내가 다 알아서 해줄게. 형만 믿어라. 괜히 기자나 SNS에 이상한 소리 하지 말고 가만히 있어. 아, 뭐 넌 그럴 일도 없겠네. 형이 네 몸값 팍팍 올려줄게. 흐흐…….

석준의 목소리에서는 왠지 사악함이 느껴졌다. YS가 어째서 3대 기획사 중에 하나인지 알려주겠다는 의지로 가득 차 있었다.

"괜찮겠어요?"

―뭐, 어쩌겠어? 지들이 손해지. 그동안 너를 아주 싼값에 부려먹었잖아.

솔직히 처음에는 이 정도로 분량이 늘어날지 석준도 예상하지 못했다. 지금 입장으로는 싸다는 말이 확실히 어울렸다.

―리온이랑 친하냐?

"아뇨."

─그런데 금마는 왜 그러냐? 지가 막 선동하고 난리도 아니더라. 리온 쪽 소속사인 SB에서도 골치 아파하던데…….

"아, 뭐, 음……."

건우는 리온의 해맑은 미소가 떠오르자 소름이 끼치는 것을 느꼈다. 건우는 그답지 않게 한숨을 내쉬었다.

─리온 조금 안 좋게 봤는데, 갑자기 봉사 활동도 가고 기부도 하고 이상해. 원래 우리 기획사 연습생이었는데 인성이 좀 그랬거든. 이미지 메이킹용은 아닌 것 같던데…….

"심경에 변화가 있나 보죠."

─그래, 내일 환영 파티는 일단 뒤로 미루자. 네 출연이 정해지면 다음 주 화요일 방송이 아마 스페셜로 대체될 것 같아.

석준은 여러 정보를 말해주었다. 아래 사람을 시키면 편할 테지만 석준은 건우에 대해서는 직접 관리했다. 건우를 좋아하기도 했지만 건우가 장차 YS의 커다란 기둥이 될 것을 직감했기 때문이다. 그리고 석준도 소속사 식구들을 직접 챙기는 걸 좋아했다.

─아! 그리고 진희도 YS로 올 것 같아.

"진희 누나가요?"

─흐흐, 다 네 덕분이다. 복덩어리 같으니. 계약금도 딱 좋아.

석준의 기분이 좋을 만도 했다. 건우도 들은 이야기이기는 하지만 다른 소속사에서 막대한 계약금을 제의했다고 한다. YS도 만만치는 않지만 YS는 가수가 중심이었고 배우에 대한 관리는 이제 막 시작하는 입장이었다. 진희의 입장에서는 분명 다른 쪽으로 가는 게 더 메리트가 있었을 것이다.

석준과 이런저런 이야기를 했다. 딸아이의 자랑이 대부분이었지만 건우는 기분 좋게 들었다. 석준의 딸도 건우의 팬이라고 한다. 매일 건우 오빠를 집에 데려오라고 부탁하고 있었는데, 엄마 말 잘 들으면 데리고 오겠다고 약속해서 요즘 살 만하다고 한다.

―그럼 조금 있다가 연락하마.

"네, 알겠습니다."

건우의 얼굴에 미소가 떠올랐다.

생각보다 연기는 적성에 잘 맞았고 옥선체화신공을 수련하는 데도 탁월했다. 벌써 일 년분의 내공에 다가가고 있었는데, 방영 횟수가 많아지고 시청률이 더 늘어난다면 더 많은 내공을 수급할 수 있을 것 같았다. 그러기 위해서라도 서울에 가는 것이 효율적이었다. 서울의 인구가 가장 많으니 소실되는 기운의 양도 상대적으로 적을 것이다.

"근데 인기가 좀 있나?"

얼굴이 어느 정도 먹히는 건 알고 있었다. 그러나 석준이 난리가 났다는 표현을 할 정도가 될지는 의문이었다.

핸드폰도 구형이다 보니 인터넷 서핑은 상당히 버벅거렸고 느렸다. LTE 폰이 아니라 3G였기에 더욱 그랬고 건우의 집에 와이파이가 있을 리 없었다. 알뜰폰 중에서도 통신 요금이 낮은 걸로 쓰고 있어 애플톡이나 중요한 일 이외에는 잘 쓰지 않았다.

또 그것마저도 조금 시간이 지나면 앱이 중지되기 일쑤였기에 요즘은 잠깐 메일이나 확인하려고 만지작거리는 것이 다였다. 돈을 벌면 핸드폰부터 바꾸겠다고 생각했는데 지금은 우선순위에서 한참이나 밀려 있었다.

'휴식이라……'

몸 상태는 늘 최상이었다. 운기조식을 하면 피로가 사라지니 딱히 쉴 필요는 없었다.

"PC방이나 가볼까?"

오랜만에 가보는 것도 나쁘지 않을 것 같았다.

*　　　　*　　　　*

달빛 호수는 또 한 번 논란에 휩싸이고 있었다. 외부에서 압력을 넣었다느니, 불공정 계약 때문에 하차하게 된 것이었다느니 각종 설이 불거지고 있었는데 그런 와중에도 제작진이 입장을 내놓지 않자 논란은 더 커져갔다.

제작진 입장에서 건우의 하차는 자연스러운 수순이었고, 어떤 사건 사고도, 법적 하자도 없었지만 그렇다고 그렇게 입장 발표를 할 수는 없었다.

물론, 드라마 시작 전에 사전 제작 발표회를 가지기는 했지만 당연히 그곳에는 건우가 없었다. 그런데 기이하게도 리온 역시 사고로 인해 참여하지 못했다.

공식 홈페이지에 올라간 인물 소개란에는 물음표로 써진 인물이 있는데, 본래 리온이 후반에 가서 일인이역을 하기로 했었다. 하지만 사람들 대부분은 그것이 건우라고 착각하고 있었고 그것이 정설이 되어갔다.

서명운동까지 하려 하고 있는 마당에 '애초부터 4회 계약이었고 자연스러운 하차였다. 이후에는 출연하지 않는다'라고 말할 수가 없는 것이다. 차라리 불미스러운 일이 있었다면 오해를 풀고 서로 일을 잘 마무리하여 촬영에 임할 수 있도록 노력하겠다라고 하면 될 것이다. 오히려 너무 깨끗해 이상해진 상황이 되어버린 것이다.

그러나 위기는 기회가 될 수 있었다. 오히려 침묵하여 시끄럽게 만드는 것이 더 호재로 작용할 수 있었다. 이건우가 출연한다면 말이다. 그것을 알기에 드라마 제작사와 YS간의 물밑 협상이 이루어졌다.

물론, 건우 측도 순조로운 것은 아니었다. YS에서도 전혀 아쉬울 것이 없다는, 아니, 오히려 손해라는 입장을 내놓았다.

다른 드라마 제의도 왔고 각종 CF 스케줄도 잡혀 있는데, 달빛 호수의 드라마 촬영이 그것을 취소해야 하는 상황이 되었다는 말을 했다. 물론 과장된 부분이 많았다.

리온 측의 반응도 문제였는데, 그 점은 YS와 협상 전에 해결할 수 있었다. 리온이 적극 찬성하는 입장을 보였다. 오히려 건우가 하차하면 자신도 자진 하차할 분위기까지 자아냈다. 리온의 소속사는 꽤나 난감해했는데, 리온의 강한 주장으로 수긍하며 넘어갔다.

비중이 조금 줄어들기는 하지만 두 명의 주인공 체제로 간다면 그리 손색없을 것이고, 다른 부분을 잘라내고 챙겨주겠다고 하니 큰 반발은 보이지 않았다. 길게 보자면 무엇보다 시너지가 괜찮았다. 연기력 부분도 보완이 되었다는 평가가 나오고 있었으니 말이다. 출연료 부분도 재협상에서 올려주는 방향으로 결정했다.

꽤 긴 협상 끝에 극적으로 건우의 출연이 성사되었다. 종방까지 함께하기로 하였고 비중도 대거 늘리기로 하였다. 촬영 스케줄을 대거 변경할 수밖에 없어 다음 주 화요일은 NG를 포함한 편집 분량, 스토리 중간 정리 형식으로 나간다고 한다.

이례적인 일이기는 해서 우려도 많았지만 방송사에서도 어떻게든 이어가고 싶은 의지가 강했다. LBC는 드라마 부분에서 최근 5년 동안 고전을 면치 못했는데, 시청률 20%가 넘어가는 드라마가 무너지게 놔둘 수 없었다. 동시간대 경쟁작들도 치고 올라오는 상황이었기 때문이다.

YS의 수완으로 건우의 출연료는 리온보다 더 높게 협상되었는데, 양측의 의견을 참고하여 최대한 끌어올린 금액이었다.

회당 1,300만 원 선이었다. 리온의 출연료가 1,000만 원인 것을 감안하면 상당히 높은 금액이었다. 그러나 작품의 중간까지 왔으니 남은 편수를 생각해 볼 때 리온의 총 출연료보다는 떨어졌다. 회당 5천만 원의 출연료인 진희에는 더더욱 비할 수가 없었지만, 작품 출연이 전혀 없는 신인 배우가 받을 수 있는 출연료는 절대 아니었다.

건우의 보조 출연 일당은 10만 원이었다. 4회 계약 때에는 100만 원이었고 이제 1,300만 원에 도달했다. 가히 미친 듯한 몸값 상승이었다. 연장 방영이 될 경우에는 출연료 상승 옵션이 걸려 있어 앞으로 기대를 해볼 만했다. 건우는 계약서에 서명을 하는 순간에도 얼떨떨한 표정이었다.

계약 후에 YS에서는 가만히 있었고 제작진 측에서도 여론이 더욱 고조될 때까지 무대응으로 일관했다. 그러다가 절정에 달한 순간 공식 입장을 내놓았다. 요약하자면 '하차는 없을 것'이며 '앞으로 더욱 좋은 이야기를 기대해도 좋다'였다.

중간에 건우가 들어온 배경과 스토리 변경 부분에 대해서는 작게 언급했고, 이런저런 불협화음을 이겨내고 보다 더 좋게 보강하겠다고 밝혔다.

드라마 역사상 사건 사고로 주인공이 교체되는 일이 있기는 했지만 그것은 자연스러운 하차 후 다른 배우가 투입되는 경우였고, 건우의 경우에는 달랐다. 리온이 하차하는 것도 아니었고 기존 드라마와는 다르게 파격적으로 활약할 여지도 주었다. 건우는 유일하게 사전 발표회에도 참여하지 않고 중간에 합류하여 주연급이 된 인물이 되었다. 아마 이후에도 이런 일은 일어나지 않을 것이다. 그만큼 건우가 지닌 옥선체화신공의 힘이 엄청났다.

기존 대본을 엎어버리고 새롭게 시작해야 했지만 고인숙 작가는 신이 내렸다라고 표현해도 무방할 정도의 속도를 보여주었다. 건우에게 받은 충격과 영감을 가지고 써내려 가니 전혀 피곤하지 않았다고 한다.

김태유 PD도 엄청 만족해했고, 리온까지 개과천선했으니 이제 순풍에 돛단배처럼 순조롭게 항해하는 일만 남게 되었다.

건우의 스케줄도 빠르게 잡혔다. 고인숙 작가가 자신의 욕망을 맘껏 표출하기 시작한 덕분에 건우의 비중은 리온보다 많아졌다. 리온은 질투하기는커녕 케이크까지 싸 들고 와 축하해 주었다.

진희는 찬밥 신세가 된 지 오래였다. 기이하게도 그렇게 변한 날을 기점으로 리온의 연기력도 한층 상승했기에 진희도 큰 불만은 없었다. 다만, 볼 때마다 적응이 안 돼 소름이 끼치는 것만 빼고는 말이다.

촬영은 순조로웠고 건우의 액션 연기는 더더욱 빛을 발했다. 무술 감독과는 상당히 친해져 이제는 액션의 합에 대해 같이 의견을 교환하기까지 했다.

『톱스타 이건우』 2권에 계속…

초대형 24시 만화방

신간 100%, 샤워실, 흡연실, 수면실(침대석), 커플석, 세탁기 완비

▪ 시흥 정왕25시점 ▪

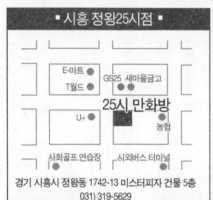

경기 시흥시 정왕동 1742-13 미스터피자 건물 5층
031) 319-5629

▪ 강북 노원역점 ▪

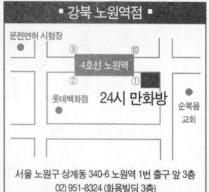

서울 노원구 상계동 340-6 노원역 1번 출구 앞 3층
02) 951-8324 (화용빌딩 3층)

▪ 일산 정발산역점 ▪

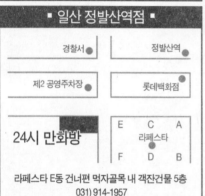

라페스타 E동 건너편 먹자골목 내 객잔건물 5층
031) 914-1957

▪ 일산 화정역점 ▪

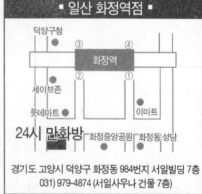

경기도 고양시 덕양구 화정동 984번지 서일빌딩 7층
031) 979-4874 (서일사우나 건물 7층)

▪ 부천 역곡역점 ▪

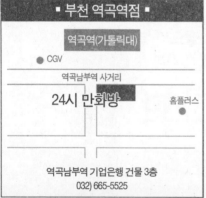

역곡남부역 기업은행 건물 3층
032) 665-5525

▪ 부평역점 ▪

(구) 진선미 예식장 뒤 한신포차 건물 10층
032) 522-2871

이계진입 리로디드

임경배 퓨전 판타지 소설

FUSION FANTASTIC STORY

『권왕전생』 임경배의 2015년 신작!

『이계진입 리로디드』

왕의 심장이 불타 사라질 때,
현세의 운명을 초월한 존재가 이 땅에 강림하리라!

폭군으로부터 이세계를 구원한 지구인 소년 성시한.
부와 명예, 아름다운 연인…
해피엔딩으로 이야기는 끝인 줄 알았건만
그 대가는 지구로의 무참한 추방이었다.
그리고 10년 후……

"내가 돌아왔다! 이 개자식들아!"

한 번 세상을 구한 영웅의 이계 '재' 진입 이야기!

FUSION FANTASTIC STORY
인기영 장편소설
호감받고 성공더!
100
86/10
안경 여드름 돼지. 줄여서 안여돼.
그것이 김두찬의 인생이었다.
제발 한 번만,
단 한 번이라도 당당한 삶을 살아보고 싶어!
띠링!
우주 최초 리얼 시뮬레이션 '인생 역전'의
플레이어로 선정되셨습니다!
접속하시겠습니까?
YES를 선택한 순간, 모든 것이 달라졌다.
안여돼 김두찬의 인생 역전기!
Book Publishing CHUNGEORAM
유행이 아닌 자유추구 -
WWW.chungeoram.com